Gotthold Bötticher

Hildebrandlied und Waltharilied

Gotthold Bötticher

Hildebrandlied und Waltharilied

ISBN/EAN: 9783743488250

Hergestellt in Europa, USA, Kanada, Australien, Japan

Cover: Foto ©Andreas Hilbeck / pixelio.de

Manufactured and distributed by brebook publishing software (www.brebook.com)

Gotthold Bötticher

Hildebrandlied und Waltharilied

Hildebrandlied und Waltharilied

nebst den

„Zaubersprüchen" und „Muspilli"

als Beigaben

übersetzt und erläutert

von

Dr. Gotthold Bötticher.

Dritte verbesserte Auflage.

Halle a. S.
Verlag der Buchhandlung des Waisenhauses.
1894.

Vorwort zur ersten Auflage.

Das vorliegende Heft enthält die Heldensage in der vorklassischen Litteraturperiode des Mittelalters. Das Hildebrandlied und das Waltharilied haben ihre Bedeutung nicht nur als älteste überlieferte Erzeugnisse aus dem Sagenkreise der Völkerwanderung, sondern auch als charakteristische Zeugen ihrer Zeit. Im litteraturgeschichtlichen Interesse jedoch erschien es angemessen, ihnen die sogenannten „Merseburger Zaubersprüche" und „Muspilli" beizugeben. Jene sind gewiß als die einzigen vorhandenen, unverfälschten Zeugen des heidnischen Altertums auch zu den Denkmälern zu zählen, deren Kenntnis aus eigner Anschauung für die Schüler wünschenswert ist. Dieses aber ist ein so eigenartiges Zeugnis für die beginnende Verschmelzung national-heidnischer und christlicher Anschauung, daß es der geschichtlichen sowohl wie der litteraturgeschichtlichen Behandlung dieses Zeitraums die fruchtbarsten Gesichtspunkte bietet. Neben dem Hildebrandliede als volkstümlicher weltlicher Dichtung erscheint es als Vertreter der volkstümlichen christlichen Poesie.

Zaubersprüche und Muspilli waren bisher meines Wissens noch nicht übersetzt, wenigstens nicht vollständig und nicht metrisch. Daß bei der Übertragung die Alliteration beizubehalten sei, schien mir selbstverständlich, ebenso daß bei diesen kurzen Stücken und beim Hildebrandliede der vollständige Originaltext gegenüberzustellen sei. Dadurch ist einmal dem Lehrer die Prüfung der Übersetzung bequem gemacht, und dann bietet dieser Text die durchaus wünschenswerte Gelegenheit, den Schülern wenigstens einen Begriff von dem Klange der alten Sprache zu geben, und zugleich hier und da sprachgeschichtliche Bemerkungen anzuknüpfen, die selbstverständlich nur anregender Natur sein können und sollen. Wo dies nicht für nötig befunden wird, mag man den Originaltext unberücksichtigt lassen, aber die Möglichkeit dazu muß wenigstens gegeben sein. In der Übertragung des Hildebrandliedes und des Muspilli bin ich bis auf weniges Müllenhoffs Erklärungen in den „Denkmälern" gefolgt und habe auch die dort vorgeschlagenen Umstellungen vollzogen.

Für das Waltharilied war die Entscheidung darüber, welche Form für die Übertragung zu wählen sei, nicht leicht. Unter den neueren Verdeutschungen finden wir bei Simrock und Linnig freie Bearbeitungen in der Nibelungenstrophe, bei Scheffel eine solche in unstrophischen, paarweis gereimten, freien Nibelungenversen, während San Marte seiner Zeit eine getreue, aber in der Form sehr mangelhafte Übersetzung im Versmaße des Originals lieferte. Jedermann erkennt, daß das Verfahren der drei erstgenannten die Eigentümlichkeit des Originals völlig verwischt hat, und daß sie schon deshalb für eine Schulausgabe keine Vorbilder sein konnten. Für unsern Zweck schien mir der treue Anschluß an das Original auch im Versmaß das einzig richtige.

Ebenso habe ich die eigentümliche Beeinflussung von Stil und Darstellung des Originals einerseits durch die geistliche, andererseits durch die klassische Bildung des Verfassers an charakteristischen Stellen wiederzugeben versucht. Gerade diese Mischung gewährt dem darauf aufmerksam gemachten Schüler Gelegenheit, seine Beobachtungsgabe zu schärfen und sein Urteil zu bilden. Sonst habe ich mich bemüht, den lateinischen Ausdruck dem alten deutsch-epischen Stile entsprechend wiederzugeben. Da das Original selbst eine Übertragung ist, so konnte ich mich hier einigermaßen frei bewegen. An zwei Stellen habe ich mir eine Umstellung einiger Verse erlaubt, weil die ursprüngliche Folge derselben in der Übersetzung zu schleppend klang, und einigemale habe ich eine längere Anzahl von Versen in kurze, prosaische Erzählung zusammengefaßt, um, wie in der Darstellung der zwölf Kämpfe, unnötige Breite zu vermeiden.

Allen vier Denkmälern dieses Heftes sind unter den in unsern Vorbemerkungen zur ganzen Sammlung ausgesprochenen Gesichtspunkten Einleitungen und Anmerkungen beigegeben. Auf diese Vorbemerkungen sei für die Beurteilung dieses Heftes nochmals verwiesen.

Vorwort zur dritten Auflage.

Durch die Thatsache, daß in kaum vier Jahren ebenso viel Auflagen dieses Heftes nötig geworden sind, wird die Zweckmäßigkeit unsres Unternehmens zur Genüge bestätigt. Vervollständigt wurde die zweite Auflage durch Aufnahme der Verse 572—616, 754—854 und 914—940 des Waltherliedes in den Text. Dadurch ist der erste Teil des Kampfes bis zum Beginn der Versuche, Walther mit List zu fällen, zusammenhängend zur Darstellung gebracht; die folgenden Kämpfe bis zum Entscheidungskampfe zwischen Walther, Hagen und Gunther bieten weniger Interesse und sind daher in der Inhaltsangabe belassen. Verbesserungen verdanke ich vor allem der freundlichen Beihülfe des Herrn Prof. Dr. Deuticke, welchem ich hierdurch herzlichen Dank sage. Auch habe ich erst in der dritten Auflage Lambels belehrende Recension, Zeitschr. f. österr. Gymn. 1890, verwerten können. Von den neueren Veröffentlichungen zur deutschen Heldensage von Heinzel, Rödiger und Schröder ist dem Waltherliede aus Heinzels Aufsatz über die Walthersage manches zu Gute gekommen, doch habe ich mich den Ansichten der drei genannten Gelehrten über das Hildebrandlied nur zum Teil anzuschließen vermocht. Ich habe in der dritten Auflage V. 47—49 Habubrand beigelegt, nur weil dadurch die Umstellung der Verse 50—53, zu der sich Müllenhoff genötigt sah, vermieden wird, folge also in der Gestaltung des Ganzen Steinmeyer in der dritten Auflage von Müllenhoffs Denkmälern, ebenso im Text. V. 1343 des lateinischen Waltherliedes (V. 973 dieser Ausgabe) habe ich die Vulgata hora statt unda aus Zweckmäßigkeitsgründen eingesetzt, obwohl Grimms Erklärung viel für sich hat. — Dem von verschiedenen Seiten geäußerten Wunsche, das Wessobrunner Gebet mit aufzunehmen, glaubten wir nicht nachkommen zu sollen, weil die Anklänge an die Edda, um deren willen man das an sich ganz unbedeutende Denkmal allein behandeln möchte, doch allzu geringfügig sind. Teile der Edda aber mit aufzunehmen, würde den Charakter des Heftes ganz verändert haben. In dieser Beziehung bietet auch Muspilli erwünschte Anknüpfungspunkte. Man muß sich aber auch unseres Erachtens damit begnügen, geeignete Teile der Edda den Schülern in Anlehnung an die Zaubersprüche und Muspilli zu erzählen, da eine einigermaßen faßliche Übersetzung für die Schule ohne die größte Willkür kaum herzustellen sein dürfte. Den Text des Muspilli habe ich nach der neuen Ausgabe Steinmeyers in Müllenh. Denkm. geändert.

Berlin, im Juli 1893.

Gotthold Bötticher.

Inhalt.

		Seite
I.	Das Hildebrandlied	1
II.	Das Waltharilied	10
III.	Die Merseburger Zaubersprüche	53
IV.	Muspilli	56

I.
Das Hildebrandlied.

Um das Jahr 800, nicht lange bevor der Mönch Otfried im Kloster von Weißenburg sein Leben Jesu, das „Evangelienbuch", dichtete (um 865), mit der ausgesprochenen Absicht, dadurch die weltlichen Volksgesänge zu verdrängen, wurde in einem andern Kloster ein kostbares Stück weltlichen Volksgesanges, das uns erhaltene Bruchstück des Hildebrandliedes, durch Möncheshand vor dem Untergange gerettet. Dies geschah in dem berühmten Kloster Fulda, welches für die Kultur und das geistige Leben Mitteldeutschlands dieselbe Bedeutung hatte, wie St. Gallen[1]) für Oberdeutschland. Ist auch nicht anzunehmen, daß jene Mönche dadurch dem Wunsche Karls des Großen, die volkstümliche Poesie gesammelt und vor den ihr feindlichen Einflüssen des Christentums gerettet zu sehen, entgegenkommen wollten, so spricht sich in dieser Aufzeichnung doch dieselbe Empfindung aus, welche auch den großen Kaiser beseelte: die Liebe zu dem „Singen und Sagen", das sie seit früher Jugend bei den volkstümlichen Festen gehört hatten. Das Christentum sah in diesen zum größten Teil der heidnischen Vergangenheit entstammenden Liedern eine seine Befestigung hindernde Macht, aber die deutschen Mönche selbst konnten sich wohl, wie das Beispiel zeigt, von der Erinnerung daran oft noch nicht los machen. Vielleicht mitten in ihren theologischen Studien fiel jenen beiden Mönchen das alte Lied von Hildebrand und Hadubrand ein, und sie schrieben es, soweit sie es im Gedächtnis hatten und der Raum reichte, auf die erste und die letzte Seite eines Bandes theologischer Abhandlungen, den sie gerade vor sich hatten. Derselbe befindet sich mit diesem seinem wertvollsten Stücke heute in der Kasseler Bibliothek.

Man kann annehmen, daß das Lied früh im achten Jahrhundert in Hessen oder Thüringen entstanden ist, wahrscheinlich in niederdeutscher Mundart, die aber in der Aufzeichnung mit vielen hochdeutschen Bestandteilen durchsetzt ist. Die Gebrüder Jakob und Wilhelm Grimm aus Hanau in Hessen[2]) haben zuerst

---
1) Vgl. Einleitung zum Walthariliede.
2) Jakob Grimm geb. 4. Jan. 1785, gest. 20. Sept. 1863; Wilhelm Grimm geb. 24. Febr. 1786, gest. 16. Dec. 1859. Die hundertste Wiederkehr ihrer Geburtstage wurde in ganz Deutschland festlich begangen.

erkannt, daß das Lied zu den wenigen noch erhaltenen Denkmälern der altdeutschen Alliterationspoesie gehört und als solches von hervorragendster Bedeutung für die deutsche Litteraturgeschichte ist. Dieser urnationalen Form, welche übrigens ein Gemeingut der germanischen Stämme war, entspricht auch der Inhalt des Liedes. Es ist ebenso wie das Waltherlied ein Rest der einst weit und breit gesungenen Sagen aus der Zeit der Völkerwanderung, deren Neugestaltung wir im Nibelungenliede haben. Es gehört dem ostgothischen Sagenkreise an, dessen Mittelpunkt Theoderich der Große oder Dietrich von Bern (Verona) ist. Die zu Grunde liegenden geschichtlichen Thatsachen sind aus dem Gedichte selbst leicht zu erkennen, ihre Umkehrung in das entgegengesetzte Verhältnis ist aus den Eigentümlichkeiten der Sagenbildung zu erklären, welche die verschiedensten und ganz auseinanderliegenden Zeiten, Personen und Thatsachen unbekümmert um die geschichtliche Wahrheit um ihre Lieblingsgestalt gruppiert. Ein der Geschichte widersprechender Grundzug dieses ganzen Sagenkreises, welcher auch die entsprechenden volksepischen Gedichte des 13. Jahrhunderts beherrscht, ist die Flucht Dietrichs vor Odoaker zu Etzel, dem Hunnenkönig. Sein treuer Begleiter war Hildebrand, sein Waffenmeister. Beide erscheinen auch im Nibelungenliede an Etzels Hofe. Nach Odoakers Tode können sie endlich nach Italien zurückkehren. An der Grenze findet die in unserm Bruchstücke dargestellte Begegnung zwischen Hildebrand und seinem Sohne Hadubrand statt, den er bei seiner Flucht als Säugling zurückgelassen hatte und nun als Krieger und Verwalter des herrenlosen Landes wiederfindet. (Vgl. zur Sagengeschichte Einl. zum Nibell. Denkm. I. 3.)

Auch wenn wir das überlieferte Bruchstück nur als ein Einzellied betrachten, welches mit dem Tode Hadubrands schloß, also nicht viel länger gewesen sein kann, als es uns vorliegt, so erscheint es dennoch als ein zwar einfach, aber durchaus künstlerisch gegliedertes Ganzes, welches in gewaltiger, unser ganzes Empfinden in Anspruch nehmender Steigerung eine erschütternde Wirkung hervorruft. Eine Vertiefung in diese lediglich durch den Dialog geführte Entwicklung der Handlung führt zu dem unabweisbaren Schlusse, daß hier ein tragisches Motiv seine künstlerische Darstellung gefunden hat.[1]) Dabei kann zugleich

---

[1]) Der Aufgabe, dasselbe auf einen kurzen und klaren Ausdruck zu bringen und diesen zu begründen, soll hier nicht vorgegriffen werden.

eine aufrichtige Bewunderung der schlichten Kunst der Charakteristik in den beiden entgegengesetzten Heldennaturen nicht ausbleiben, sowie das Verständnis für die sinnliche Kraft der Rede, die Anschaulichkeit der Darstellung, die echt epische und volkstümliche Erzielung der Wirkung nur durch Handlung, ohne Schilderung und Situationsmalerei. Den ganzen furchtbaren Seelenkampf des Vaters sich auszumalen, ist der Phantasie überlassen, aber seine verzweifelten Ausrufe sind gewaltige Markzeichen desselben.

Von dem Wesentlichen aber wenden sich die Blicke dann gern auf die begleitenden Umstände, und auch hier findet sich der Suchende reich belohnt. Gewisse allgemeine Charakterzüge altdeutschen Heldenlebens treten unverkennbar hervor und lassen sich im altdeutschen Volksepos überhaupt bis zu den Nibelungen hin immer wiederfinden und zu einem Gesamtbilde leicht vereinigen. Dahin gehören vor allem die naive Ruhmredigkeit der Helden und ihre ebenso naive Freude an Beute, Gold und Geschenken, welche, wie besonders das Waltharilied zeigt, sogar die furchtbarsten Katastrophen heraufbeschwören konnte. Anderseits aber tritt das die gesamte nationale Dichtung beherrschende Gebot der kriegerischen Ehre als eines heiligen Gutes des deutschen Helden gerade hier in die hellste Beleuchtung.

Der im Hildebrandliede erzählte Vorgang ist ein Lieblingsgegenstand der Sage und Dichtung geblieben. Wir haben ihn noch in drei jüngeren Fassungen, in der nordischen Prosadarstellung der Vilkinasage, in einer spätmittelhochdeutschen ritterlichen Bearbeitung und in einem Volksliede des 15. Jahrhunderts.[1]) Alle diese berichten von einem versöhnenden Ausgange des Kampfes. Hildebrand verwundet und besiegt seinen Sohn, ohne ihn noch zu kennen. Erst nach der Verwundung tritt Erkennung und Versöhnung ein, ein Zug, welcher dem Geschmacke der ritterlichen höfischen Dichtung Rechnung trägt. Die Mutter macht bald durch ihre Pflege allen Schaden wieder gut. Die Abschwächung des tragischen Stoffes zum bloßen, zum Teil humoristisch gefärbten Unterhaltungsgegenstande ist deutlich erkennbar.

---

[1]) Vgl. Denkm. III, 4. Von diesem Liede hat der „Hildebrandston" seinen Namen.

Ik gihôrta dat seggen . . . .¹)
dat sih urhêttun ênôn muotîn
Hiltibrant enti Hadubrant untar herjun tuêm.
sunufatarungô iro saro rihtun
5 garutun se iro gûdhamun gurtun sih suert ana,
helidôs, ubar hringâ, dô sie ti dero hiltju ritun.
Hiltibrant gimahalta: her was hêrôro man,
ferahes frôtôro: her frâgên gistuont,
fôhêm wortum, huer sîn fater wâri
10 fireô in folche . . . .
. . . . . . ₍eddo huelihhes cnuosles dû sîs.
ibu dû mi ênan sagês, ik mi dê ôdrê wêt,
chind, in chunincrîche: chûd ist mî al irmindeot.'
Hadubrant gimahalta, Hiltibrantes sunu:
15 ₍dat sagêtun mî ûsere liuti,
altê enti frôtê, dea êr hina wârun,
dat Hiltibrant hêtti min fater: ih heittu Hadubrant.

forn her ôstar giweit flôh er Ôtachres nîd
hina mit Theotrîhhe, enti sînero degano filu.
20 er furlêt in lante luttila sitten
prût in bûre, barn unwahsan,
arbeô laosa: hê rêt ôstar hina.
her was Ôtachre ummett irri,
degano dechisto miti Deotrîhhe;
25 sîd Dêtrîhhe darbâ gistuontun
fateres mînes. dat was sô friuntlaos man:
her was eo folches at ente: imo was eo fehta ti leop:
chûd was er *managêm* chônnêm mannum.
ni wânju ih iu lîb habbe.'

---

1) Die Mitteilung des Originaltextes hat nur den Zweck, für die Erörterung wichtiger und allgemein verständlicher Erscheinungen der Sprach=geschichte Anknüpfungspunkte und Beispiele zu geben.
Lehrreich z. B. für die Lautverschiebung sind die niederdeutschen Formen in V. 1. 2. 12. 20. 41 u. s. w.
Ferner sind die hervorstechendsten Unterschiede der alten Sprache von der unsrigen leicht zu beobachten.

I. Das Hildebrandlied.

Das hört' ich sagen   1
Daß sich zwei Kämpfer allein begegneten,
Hildebrand und Hadubrand, zwischen zwei Heeren.
Sohn und Vater besorgten ihre Rüstung,
Bereiteten ihr Schlachtkleid, gürteten die Schwerter an,   5
Die Recken, über die Ringe;[1]) dann ritten sie zum Kampfe.
Hildebrand erhob das Wort; er war der hehrere Mann,
In der Welt erfahrener. Zu fragen begann er
Mit wenigen Worten, wer sein Vater wäre
Von den Helden im Volke: 10
„Oder welcher Herkunft bist du?
So du mir einen nennst, die andern weiß ich mir,
Kind, im Königreiche: all Kriegsvolk ist kund mir."
Hadubrand erhob das Wort, Hildebrands Sohn:
„Das sagten längst mir unsere Leute,   15
Alte und weise, die früher waren,
Daß Hildebrand hieß mein Vater: ich heiße Hadubrand.[2])

Vorlängst zog er ostwärts, floh vor Otakers Zorn
Hin mit Dietrich und seiner Degen vielen.
Er ließ elend im Lande sitzen   20
Das Weib in der Wohnung, unerwachsen den Knaben,
Des Erbes ledig, da ostwärts er hinritt.
Dem Otaker war er erzürnt ohn' Maßen,
Der beste der Degen war er bei Dietrich;
Seitdem mußte Dietrich missen   25
Meinen Vater: Der war so ganz freundlos,[3])
Dem Volke voran stets; fechten war immer ihm lieb.
Kund war er manchen kühnen Mannen.
Nicht wähne ich mehr, daß er wandelt auf Erden."

---

1) nämlich die Panzerringe.

2) Hier ist eine Lücke anzunehmen, in welcher Hildebrand, ahnend, daß er seinem Sohne gegenüberstehe, gefragt hat, was er noch näheres von seinem Vater wisse.

3) freundlos, weil er von seiner Sippe getrennt war. Er liebte den Krieg zu sehr und mußte daher endlich fallen.

```
30  Hildebrant gimahalta, Horibrantes sunu:
    ‚wèttu irmingot  obana  fona  hevane,
    dat dû neo dana halt  dine ni gileitôs
    mit sus sippan man' . . . . . .
    want her dô ar arme  wuntanê bougâ,
35  cheisuringû gitân  so imo se der chuning gap,
    Hûneô truhtîn:  ‚dat ih dir it nû bî huldî gibu.'
    Hadubrant gimahalta,  Hiltibrantes sunu:
    ‚mit gêrû scal man  geba infâhan,
    ort widar orte.
40  dû bist dir, altêr Hûn,  ummet spâhêr,
    spenis mih mit dînêm wortun,  wili mih dînu speru werpan.
    pist alsô gialtêt man,  sô dû êwîn inwit fuortôs.
    dat sagêtun mî  sêolîdantê
    westar ubar wentilsêo,  dat inan wîc furnam:
45  tôt ist Hiltibrant,  Heribrantes suno.'
    Hiltibrant gimahalta,  Heribrantes sunu:

    Hadubrant gimahalta, Hiltibrantes sunu:
    ‚wela gisihu ih  in dînêm hrustim,
    dat dû habês hême  hêrron gôten,
    dat dû noh bi desemo riche  reccheo ni wurti.
    Hiltibrant gimahalta, Heribrantes sunu:
50  ‚welaga nû, waltant got,  wêwurt skihit.
```

Man beachte die vollen Vokale der Endungen, den fehlenden Umlaut wâri V. 9, wânju 29; die verschiedenen schwachen Conjugationen sagêtun V. 15, gileitôs 32, scerita 55.

Endlich bietet der Text eine Fülle von wichtigen Beispielen für Bedeutungswandel und Wortgeschichte, wie deot in irmindeot V. 14 und Deotrîh, deſſen zweiter Bestandteil rîh (vgl. rex, reg-is u. V. 49) nicht minder lehrreich iſt, ferner hêrôro V. 7 (Herr) vgl. V. 51, bûr V. 21 (Bauer, Vogelkäfig), prût V. 21 (Braut, Frau), gimahalta V. 7 u. ö. (vermählen, Gemahl vgl. Muspilli V. 31), eo V. 27 (ewig), ort V. 39 (der Pfriem des Schuhmachers vgl. Nicht. 7, 17 Ort des Heeres), spenis V. 40 (Luther: abſpannen), reccheo V. 49 (Recke, Verbannter) u. ſ. w.

Dazu kommen die Namen, deren zwei Bestandteile leicht zu erkennen ſind; vgl. hiltju V. 6 zu Hiltibrant, herjun V. 3 zu Heribrant (brant = Fackel); irmin V. 13 u. 31 und wîc V. 44 u. 60 bieten Gelegenheit, die hiervon gebildeten Namen zu ſuchen. Zu Hadubrant (hadu = Kampf) vgl. Hedwig, zu gûd, gunt V. 61 (Kampf) Gudrun, Gunther, aus Gunt-hari (hari, Heer V. 3) wie Walt-hari. Dieſe Namen, Frauen= wie Männernamen, mit ihren faſt ausſchließlichen Beziehungen zu Kampf und Sieg, und schon die mannigfaltigen Bezeichnungen für

Hildebrand erhob das Wort, Heribrands Sohn:¹) 30
„Hör' es, Allvater, vom Himmel oben,
Mögest du nimmer zum Kampfe mich leiten
Mit so gesipptem Mann."²) . . . . . .
Da wand er vom Arme gewundene Ringe,
Aus Kaisermünzen³) gemacht, wie der König sie ihm gab, 35
Der Herrscher der Hunnen: „Daß ich mit Huld dir's gebe!"
Hadubrand erhob das Wort, Hildebrands Sohn:
„Mit dem Ger soll man Gabe empfahen,
Spitze wider Spitze.⁴) Ein Späher bist du,
Alter Hunne, lockest mich (heimlich) 40
Mit deinen Worten, willst mit dem Speer mich werfen,
Bist kommen ins Alter Trug immer nur sinnend.
Das sagten mir Leute, die zur See gefahren
Westwärts über den Wendelsee:⁵) Hinweg nahm der Krieg ihn,
Tot ist Hildebrand, Heribrands Sohn." 45
Hildebrand erhob das Wort, Heribrands Sohn:
   Neue Versicherung, daß er Hildebrand sei.
Hadubrand erhob das Wort, Hildebrands Sohn:⁶)
„Wohl hör' ich's und seh' es an deinem Harnisch,
Daß du daheim hast einen guten Herrn,
Daß du unter diesem Fürsten du flüchtig nie wurdest."
Hildebrand erhob des Wort, Heribrands Sohn:
„Weh nun, waltender Gott, Wehgeschick erfüllt sich! 50

---

1) Diese Zeile ist zu ergänzen. Hildebrand ist nun von der vollen Wahrheit unterrichtet und fährt mit der verzweifelten Anrufung des Schlachtenlenkers fort.
2) In der Lücke sind die Worte anzunehmen, mit denen sich Hildebrand seinem Sohne zu erkennen gab. Sippe, Verwandtschaft.
3) aus byzantinischen Goldmünzen.
4) Die Sitte, auf die H. hier anspielt, ist dunkel. Gemeint ist, daß Hildebrand die Geschenke nicht in der bei Kriegern üblichen Form anbiete und daß Hadubrand ihn deshalb für hinterlistig halte.
5) Bezeichnung des Meeres überhaupt, als rings um den Mittgart sich windend. Hier kann natürlich nur das Mittelmeer gemeint sein.
6) Hildebrands Rede ist ausgefallen. Sie hat eine neue Beteuerung enthalten, daß er Hildebrand sei. Hadubrand verhöhnt ihn darauf wie vorher: er sehe nicht wie ein landfahrender Recke aus. Jetzt erreicht der Seelenkampf in Hildebrand seinen Höhepunkt; diese fortwährende Beschimpfung durfte er nicht hinnehmen, geschweige denn fliehen oder sich gefangen geben, und so siegt die Kriegerehre über die Vaterpflicht. Dem giebt er in den folgenden verzweifelten Worten Ausdruck. Vgl. dazu die Seelenkämpfe Hagens im Waltharilied und Rüdegers im Nibelungenliede, aus der neueren Litteratur u. a. Max Piccolomini in Schillers Wallenstein.

ih wallôta sumaro enti wintro sehstic ur lante,
dâr man mih co scerita in folk sceotantero,
sô man mir at burc ênîgeru banun ni gifasta.
nû scal mih suâsat chind suertû hauwan,
55 bretón sînu billju, eddo ih imo ti banin werdan.
doh maht dû nu aodlihho, ibu dir dîn ellen tauc,
in sus hêremo man hrusti giwinnan,
rauba birahanen, ibu dû dâr ênîc reht habês.
der sî doh nû argôsto ôstarliuto,
60 der dir nû wîges warne, nû dih es sô wel lustit
gûdeâ gimeinûn. niuse dê môtti,
huerdar sih hiutû dero hregilo hruomen muotti,
erdo desero brunnôno bêdero waltan.'
dô lêttun se êrist askim scrîtan,
65 scarpên scûrim: dat in dêm sciltim stônt.
dô stôptun ti samane . . staim bort chludun,
heuwun harmlîcco huîtte scilti,
unti im iro lintûn luttilô wurtun,
giwigan miti wambnum. . . . . . .

---

diese Begriffe sind bedeutsame Äußerungen des germanischen Volks=
charakters. Man beachte auch, daß die Familiennamen hier und öfter
alliterieren.

I. Das Hildebrandlied.

Ich wallte der Sommer und Winter sechzig,¹)
Da stets man mich scharte zu der Schießenden Volk:
Vor keiner der Städte doch kam ich zu sterben;
Nun soll mit dem Schwerte mich schlagen mein Kind,
Mich strecken mit der Mordart, oder ich zum Mörder ihm werden! 55
Magst du auch leichtlich, wenn langt dir die Kraft,
An so altem Recken die Rüstung gewinnen,
Den Raub erbeuten, wenn du Recht dran gewinnest:
Der wäre der ärgste aller Ostleute,²)
Der den Kampf dir weigerte, nun dich so wohl lüstet 60
Handgemeiner Schlacht! Das Treffen entscheide,
Wer heute sich dürfe der Harnische rühmen
Oder der Brünnen beider walten!"
Da sprengten zuerst mit den Speeren sie an
In scharfen Schauern: dem wehrten die Schilde. 65
Dann stoben zusammen sie (zum bittern Schwertkampf),³)
Hieben harmlich die hellen Schilde,
Bis leicht ihnen wurde das Lindenholz,
Zermalmt mit den Häuten.⁴) . . . . .

---

1) d. h. 60 Halbjahre = 30 Jahre.
2) d. h. Ostgothen. Gedankengang der Rede Hildebrands: 1. Verzweifelter Ausruf. 2. Magst du mich alten Mann immerhin besiegen, es wäre ehrlos, dir jetzt noch den Kampf zu verweigern. Habe denn das Schicksal seinen Lauf.
3) Das Original ist an dieser Stelle unverständlich. In den eingeklammerten Worten ist nur der durch den Zusammenhang geforderte Sinn wiedergegeben. Die Kämpfer sind vom Rosse gestiegen, nachdem sie die Lanzenstumpfe weggeworfen haben, und beginnen den Schwertkampf.
4) Der Ausgang des Kampfes kann nach der ganzen Anlage des Liedes nur ein tragischer gewesen sein. Vgl. Einl. S. 2.

II.

Das Waltharilied.

Die Klause des hl. Gallus († 646) im Steinachthale war zu einer Abtei erblüht, welche im 10. und 11. Jahrhundert ihren Glanzpunkt erreichte. Der Fürst=Abt nahm in kirchlicher und politischer Beziehung eine hervorragende Stellung ein, und das wissenschaftliche Leben des Klosters wurde zu einer weithin strahlenden und erwärmenden Leuchte. Im 10. Jahrhundert, dem saeculum obscurum der deutschen Litteratur, zugleich aber demjenigen, in welchem das römische Kaisertum auf die deutsche Nation überging, strebt man hauptsächlich nach Aneignung der gewissermaßen mit übernommenen klassischen Bildung, vor allem nach Beherrschung der lateinischen Sprache. Stilmuster sind in der Prosa Cicero, in der Poesie Vergil. Die jungen Novizen sowie die Söhne des Adels, die die Klosterschule besuchten, hatten sich besonders in der lateinischen Dichtkunst zu üben und erhielten nach entsprechender Vorbildung bestimmte Themata teils biblischen, teils profangeschichtlichen Inhalts zur Bearbeitung in Hexametern.[1]) Eine solche Aufgabe wurde etwa im Jahre 930 einem Schüler und späteren Mönche des Klosters, Namens Ekkehard, aus einem edlen im Thurthale begüterten Geschlechte, von seinem Lehrer Geraldus gestellt, einem für die Geschichte des Klosters bedeutenden Manne von ebenfalls vornehmer Her= kunft. Gegenstand der Aufgabe war das in irgend einer deut= schen Fassung damals noch bekannte Volksepos oder volksepische Lied von Walther Starkfaust und Hildegunde (Waltharius manu fortis). Noch immer also war der Wunsch Otfrieds, die weltliche Volkspoesie ganz zu verdrängen, nicht erfüllt, aber

---

1) Von dem Leben und Treiben in diesen Klosterschulen giebt ein anschauliches Bild G. Freytag im 3. Teile der Ahnen (Nest der Zaun= könige) und im 1. der Bilder aus d. d. Vergangenheit.

das nationale Interesse daran war erschüttert. Das beweist diese lateinische Schulbearbeitung eines Liedes, welches gewiß ebenbürtig neben dem Hildebrandliede gestanden hat, von einem Manne, in dessen Brust, nach der ganzen Art der Bearbeitung zu schließen, doch noch ein guter Kern eigentümlich deutschen Wesens steckte. Die Arbeit des Schülers wurde vom Lehrer verbessert, und das aus dieser gemeinschaftlichen Arbeit hervorgegangene lateinische Gedicht widmete Geralbus später seinem Freunde und Gönner, dem Bischof Erchenbald von Straßburg († 991), wahrscheinlich zur Benutzung in den Straßburger Schulen. Ekkehard starb 973. Noch drei seines Namens erschienen in der folgenden Zeit unter den Brüdern, von denen der letzte, der vierte, etwa von 980 bis 1060 gelebt hat und ein Schüler Notkers des Deutschen (Labeo) war, dessen Schriften eine wichtige Quelle althochdeutscher Prosa sind. Dieser wurde vom Erzbischof Aribo von Mainz (1020 bis 1031) zum Vorstand der Mainzer Schulen berufen und unterzog dort das Gedicht seines Namensbruders, das er zu „teutonisch" d. h. voll von Germanismen fand, einer Umarbeitung nach Vergilischem Muster.[1]) In dieser Gestalt ist uns das Gedicht überliefert.

---

[1]) Ekkehard IV. berichtet darüber in den von ihm verfaßten Casus St. Galli (nach der Übersetzung von Meyer von Knonau, Geschichtsschreiber der deutschen Vorzeit XI.) folgendes: „Viel ist über Ekkehard (I.) nachher zu sagen. Es schrieb nämlich jener Gelehrte (folgen Titel lateinischer Gedichte, Romanzen und Hymnen) . . . . und in der Schule metrisch (d. h. in lat. Hexametern) für den Lehrmeister, zwar noch in wankender Weise (d. h. unbeholfen), weil er in seiner Denkweise, nicht jedoch in seinem Äußern noch ein Knabe war, das Leben des Waltharius Starkhand, welches wir nach unserm Können und Kennen verbessert haben, indem der Erzbischof Aribo es uns befahl, als wir nach Mainz versetzt worden waren; denn das barbarische Wesen und dessen eigentümliche Laute gestatten demjenigen, welcher sich als Deutscher kund giebt, nicht plötzlich, ein Lateiner zu werden. Daher pflegen die Halbschulmeister (d. h. ungeschickte Lehrer) ihre Schüler schlecht zu unterrichten, wenn sie sagen: „Sehet zu, wie am geläufigsten vor irgend einem Deutschen die Sache auszusprechen euch zieme, und wendet dann die Worte in derselben Reihenfolge in das Lateinische!" Diese Täuschung hat bei jenem Werke den Ekkehard, als er noch ein Knabe war, bethört; . . . . Jener brachte aber dem heiligen Gallus für das Mönchsleben vier seiner Neffen von Brüdern oder Schwestern zu, zwei, welche ihm gleichnamig waren, weiter den Purchard, welcher nachher Abt wurde, dann den Notker (Labeo), von welchen ein jeder ein Spiegel der Kirche zu nennen sein mag. . . . . Während schon jener Weinstock solche Schößlinge entsandte, ist er selbst in guter Reise am Tage des Felix in Pinciš (14. Jan. 973)

Sein geringer Umfang, die Klarheit der einzelnen Situationen und die Entwickelung der Handlung, die Schärfe der Charakterzeichnung, die deutlich hervortretenden Einflüsse der Bearbeitung, endlich der reiche Stoff für die mannigfachsten, leicht durchzuführenden Beobachtungen kulturgeschichtlicher und ästhetischer Art machen das Gedicht in hervorragendem Maße für die Privatlektüre und deren Verwertung in Vorträgen und Aufsätzen geeignet. Die erläuternden Anmerkungen unter unserm Texte weisen auf mehrere solcher Gesichtspunkte hin; hier mögen nur die wichtigsten derartigen Beziehungen unseres Liedes angedeutet sein.

Für das Ganze kommt in Betracht die in steter Steigerung begriffene Entwickelung der Handlung mit ihren deutlich zu erkennenden Abschnitten, innerhalb derselben die Charaktere Walthers, Gunthers und Hagens, der Begriff der Lehnstreue und Vasallenpflicht und deren Verhältnis zu den Pflichten der Freundestreue und Blutsverwandtschaft, das Kriegerleben, die Kampfarten, die Zeichen urwüchsiger Roheit und Wildheit, die naive Beutesucht, und demgegenüber die Äußerungen keuscher, edler Gesinnung, endlich der Frauencharakter und das Verhältnis zwischen Mann und Weib im Vergleich zu der späteren ritterlichen Zeit.

eingeherbstet worden. Es war jedoch über den Tod des Mannes eine solche Trauer, daß Immo, welcher nach ihm Dekan und später Abt war, selbst zur St. Michaelskirche, wo er in größerer Freiheit seine Wehklage anstellen konnte, nachdem Ekkehards Körper auf die Totenbahre gelegt worden war, zur Seite ging, indem er laut so rief: „Sieh, Herr, und betrachte, wen Du so eingeherbstet hast."

In demselben Werke erzählt Ekkehard IV. auch die Geschichte des zweiten und dritten Ekkehard ausführlich. Daraus geht hervor, daß Ekkehard II., der Neffe Ekkehards I., der Lehrer Hadawigs, der Herzogin von Schwaben, Witwe Herzog Purchards I. war, während Ekkehard I. zur selben Zeit Dekan des Klosters war. Diese Verhältnisse hat Scheffel in seinem Roman „Ekkehard" frei umgestaltet. Neben den obengenannten Werken G. Freytags ist dieser Roman im Anschluß an die Behandlung des Walthariliedes als Privatlektüre durchaus zu empfehlen.

[lat. Text V. 1—28.]   II. Das Waltharilied.   13

Wie König Etzel Hagen, Walther und Hiltgunde als Geiseln empfing.

1 Brüder, ihr wißt, Europa heißt das Drittel des Erdrunds,
   Drin die Völker sich breiten, nach Sprach' und Sitten und Namen
   Mannigfach von einander sich scheidend, in Glauben und Leben.
   Unter diesen wohnte dereinst das Volk der Pannonier,
5 Jenes, das heute zumeist wir Hunnen pflegen zu nennen.
   Mächtig blühte dies tapfere Volk durch Waffen und Mannskraft,
   Nicht allein unterjochend die ringsumliegenden Länder,
   Sondern heerend setzt' es den Fuß an des Oceans Küsten:
   Friede nur ward demütigem Flehen, Vernichtung dem Trotze.
10 Ein Jahrtausend und mehr, so sagt man, währt' ihre Herrschaft.
   Attila trug einst Kron' in diesem mächtigen Volke.
   Voll der Begier, für sich zu erneuern die alten Triumphe,
   Ließ er das Heerhorn blasen, um heim zu suchen die Franken,
   Wo auf erhabenem Thron der König, Gibich mit Namen,
15 Saß, im Herzen die Freude, daß jüngst ihm geboren ein Söhnlein.
   Gunther nannt' er den Sproß, von dem ich nachher euch erzähle.
   Unfroh rauscht' in das Ohr des bleichenden Königs die Kunde:
   Heerend wälzt sich heran von der Donau feindliche Heerschar,
   Zahllos, den Sternen des Himmels, des Meeres Sande vergleichbar.
20 Gibich, nicht vertrauend der Kraft und den Waffen der Mannen,
   Rief die Seinen zum Rat: „Sagt an, was ist zu beginnen?"
   Alle stimmten sogleich: Nur ein Bündnis könne noch frommen,
   Treu' in Etzels Hand zu geloben, wenn er sie biete,
   Geiseln zu stellen und Zins zu zahlen nach seinem Gefallen.
25 „Besser dünkt uns das, als Leben und Land zu verlieren,
   Oder mit Weib und Kind zu gehen ins bittere Elend."
   Damals war jung Hagen an Gibichs Hofe der hehrste,
   Denn er stammte, dem König gesippt, aus dem Trojergeschlechte.[1)]

---

1) de germine Trojae. Der Verf. denkt an das alte Troja, wie denn überhaupt die Franken von den Trojanern abstammen sollten. Im Nibelungenliede heißt er Hagen von Tronje, was man teils als Tronia = Kirchberg im Elsässischen Nordgau, teils als Thronecken auf dem Hunsrück an der Dron, teils als den alten fränkischen Königssitz Tornacum = Tournay erklärt hat. Ob nun die gelehrte Ableitung von Troja später volkstümlich zu Tronje umgedeutet oder ob letzteres ursprüngliche Volkssage gewesen und von den Mönchen in ihrem klassischen Bil

Dieser, da Gunther noch nicht zu solchem Alter gelangt war,
30 Um, von der Mutter getrennt, das zarte Leben zu fristen,
Muß, so war der Beschluß, mit reichstem Schatze zum König.
Boten fuhren zum Herrscher und brachten den Zins und den Jüngling
Sonder Verzug. Und Etzel gewährete Frieden und Bündnis.

Selbiger Zeit trug Kron' in Burgund, mit mächtigem Scepter,
35 Herrich,¹) dem eine Tochter erblüht', Hiltgunde mit Namen,
Reich an abligem Sinn und der Mägdlein schönstes im Reiche.
Sie als Erbkind sollt' am Hofe des Vaters verharren,
Und, was in Jahren gehäuft, fügt Gott es, fröhlich genießen.

Jetzo läßt von den Franken und lenket die Rosse, die flinken,
40 Hierher Etzel, der König; ihm folgen seine Getreuen.
Unter dem stampfenden Roßhuftritt erseufzet die Erde,
Und von der Schilde Geklirr erdröhnt der zagende Äther.
Unermeßlich schimmern der Lanzen eherne Wälder:
Gleichwie im Frührotstrahl die Sonne, berührend die Meerflut,
45 Herrlich zugleich rückstrahlt von den äußersten Enden des Himmels.
Schon durchschritt er den tiefen Strom der Saon' und der Rhone:
Plündernd strömen ins Land des Heeres gewaltige Wogen.

Herrich saß zu Chalons, da rief der Wächter vom Wachtturm:
„Waffen! Ich seh eine Wolke von dichtem Staube heranziehn;
50 Feindliche Macht bricht herein, auf, schließet Thüren und Thore!"
Aber schon wußte der Fürst, was dort bei den Franken geschehen,
Und so sprach er beredt zu den Alten und Großen der Krone:
„Ist solch tapferes Volk, dem wir uns nimmer vergleichen,
Etzel, dem Hunnen, gewichen, wie könnten wir es denn wagen,
55 Kampf ihm zu bieten, verwegen, die teure Heimat zu schützen?
Sicherer ist's, sie nehmen den Zins und gewähren uns Bündnis.
Eine Tochter nur hab' ich, doch sie für das Land zu vergeiseln,
Steh' ich nicht an, drum rüstet die Boten, den Frieden zu sichern!"

---

dungseifer zu Troja umgedeutet worden ist, läßt sich nicht entscheiden.
Sicher aber ist diese Beziehung Hagens zu Troja gelehrte Erfindung.
Eine ähnliche künstliche Beziehung zum Trojanischen Kriege tritt weiter
unten auf. — Achte ferner auf die Nachahmung klassischer Poesie in
Beiwörtern, Wendungen und Gleichnissen. — Gunther und Hagen sind
dieselben Persönlichkeiten, welche im Nibelungenliede auftreten. Vergleiche ihre Charaktere in den beiden Dichtungen und ergänze aus ihnen
wechselseitig ihre Geschichte!

1) Beachte die hier zu Grunde liegende geographische und geschichtliche Vorstellung und ihre Abweichung vom Nibelungenliede. Geschichtlich ist übrigens ein König Herrich von Burgund nicht nachzuweisen.

Schwertlos gingen Gesandte, zu melden, was Herrich befohlen.
60 Schmeichelnd, wie es sein Brauch, empfing sie Etzel, der Heerfürst:
„Lieber ist Bündnis mir, als Schlachten zu liefern den Völkern.
Friedlich will der Hunne regieren, nur Thörichte fühlen,
Wenn sie sich sperren, das Schwert des ungern strafenden Siegers.
Komme denn her der König und tausche Verträge und Handschlag."
65 Hinschritt Herrich mit Schätzen von unermeßlichem Werte,
Holet den Frieden sich ein und läßt dem Hunnen die Tochter.
Fort in die Fremde zieht des Landes köstlichste Perle.

Als der Vertrag nun gefestet und Zins und Steuer bestimmt war,
Führte der Hunne sein Heer vorwärts in westliche Lande.
70 Dort trug Alpher Krone im Lande der Aquitanen.[1])
Blühend wuchs ihm heran ein Sohn im Lenze der Jugend,
Walther, aber es hatten mit manchem Eid sich gelobet
Herrich und Alpher, die Fürsten, wenn einst die Zeit sei gekommen,
Ihre Kinder einander zu geben zu fröhlichem Eh'bund.
75 Als nun Alpher erfuhr, wie alle Nachbarn sich beugten,
Schlug ihm bang das Herz in der Brust, der Hoffnung entratend:
„Frommt's noch", sprach er, „zu zaudern, wo Thoren nur wagen
zu kämpfen?
Sehet, das Beispiel giebt uns Burgund und giebt uns der Franke.
Gleiches muß ich nun thun, und niemand kann uns drum schelten.
80 Boten schick' ich deshalb und laß' um Frieden verhandeln,
Geb' als Geisel dahin den Erben, den einzig geliebten,
Zahl' auch dem Hunnen den Zins, den künftigen, heut schon im voraus."
Aber was plaudr' ich noch? Dem Wort schnell folgte die That nach.
Wild frohlockend wandten sich nun die Hunnen zur Heimat,
85 Schwer belastet mit Gold und sorglich hütend die Geiseln,
Hagen und Walther und Hiltgund auch, die liebliche Jungfrau.

---

1) Aquitanus, deutsch Wasco; Aquitanien = Wasconoland, Wasconia, Gascogne (heute Basken), zwischen Frankreich und Spanien. Die Gründung des westgothischen Reiches brachte es mit sich, daß in der Sage Spanier, Aquitanier und Gothen oft identisch sind, wie auch Franken und Burgunder ineinander übergehen. So wird u. a. Walther im Nibelungenliede Walther von Spanje genannt (Nib. 2281). Ursprünglich muß er als ein westgothischer Held gedacht sein, der sich von Burgunden und Franken unterscheidet. (J. Grimm.) Im Nibelungenliede finden sich noch 1693—1695 und 1734—1736 Anspielungen auf Walther, zum Teil dem Thatbestande unseres Liedes widersprechend. — Alpher ist Alp=her zu sprechen.

Wie Etzel der Geiseln pflegte und wie Hagen entfloh.

Als nun Etzel sich wieder der Heimat, der lieben, erfreute,
Nahm er in Treuen sich an der fremden vergeiselten Kinde,
Ließ sie pflegen, als wären ihm selbst sie geborene Erben,
90 Aber die Jungfrau befahl er der Königin achtsamer Aufsicht.
 Stets nun mußten dem König die Jünglinge unter den Augen
Weilen, von ihm unterwiesen in Künsten und kriegrischer Kurzweil.
Beide wuchsen heran, erstarkend an Jahren und Weisheit.
Recken bezwang ihr Arm, ihres Geistes Macht die Gelehrten.
95 Bald zu den Ersten des Heeres erkor sie der Wille des Königs.
Also hielt er sie wert, die jungen Helden, vor allen.
 Auch die gefangene Maid — ein Werk war's Gottes des Höchsten —,
Ward der gestrengen Königin lieb und mehrte die Liebe,
Reich an Tugend und Zucht und willig zu jeglicher Arbeit.
100 Ihrer Hut vertraute die Königin Kammer und Goldschatz,
Und es fehlte nicht viel, daß selber sie führte die Herrschaft;
Denn, was sie wollte, geschah; erfüllt ward jeglicher Wunsch ihr.
 Gibich schied inzwischen dahin, ihm folgte als Erbe
Gunther, welcher sogleich den Zins dem Hunnen versagte.
105 Hagen vernahm die Mär' in der Fern', da faßte ihn Sehnsucht:
Nächtlicher Weil' entfloh er und eilte zum Herrn in die Heimat.
Walther jedoch schritt ferner voran in die Schlachten den Hunnen,
Immer geleitet vom Glück, wohin auch die Waffen er führte.

 [V. 123—169 des lat. Textes.] Ospirin,[1]) Etzels Gemahlin, war jedoch argwöhnisch geworden und ermahnte Etzel, Walther durch Vermählung an seinen Hof zu fesseln. Diesem Ansinnen Etzels aber widerstand Walther mit dem Einwande, daß er vermählt nicht mehr seine ganze Kraft in den Dienst des Königs stellen könne, wie er möchte. Etzel war dadurch völlig beruhigt und vertraute ihm nunmehr unbedingt.

 Da ward Etzel die Mär' von sichern Boten verkündet,
110 Daß ein jüngst bezwungenes Volk zum Kriege sich rüste.
Walther ward alsbald zum Führer des Heeres erkoren.
Musternd schritt er dahin durch unendliche Reihen der Krieger,
Feuerte an mit kräftigem Wort die Herzen der Tapfern,

---

1) Im Nibelungenlied Helche. Das Verhältnis beider Namen zu einander ist dunkel. Vgl. zu Hagens Flucht Nib. 1694.

Mahnte gedent zu sein der früher errungenen Siege
115 Und verhieß mit gewohnter Kraft darnieder zu schmettern
Jene Empörer und fern in die Lande den Schrecken zu tragen.
Flugs erhebt er sich selbst, und es folgen die Scharen des Heeres.
Siehe, schon hat er getürt den Walplatz, geteilet die Haufen
Weithin durch das Gefild in wohlerwogener Ordnung.
120 Und auf Pfeilschußweite genaht schon stehen die Keile
Sich gegenüber. Die Luft erzittert von gellendem Schlachtruf,
Jetzt tönt schmetternd hinein der Drommeten eherne Stimme,
Sieh, es schwirrt von Eschen ein Wald herüber, hinüber,
Und es erglänzt der geschwungene Speer wie flammender Blitzstrahl.
125 Gleichwie flockiger Schnee herstöbert im brausenden Nordsturm,
Also prasseln daher vom Bogen die grimmigen Pfeile.
Bald faßt jegliche Faust das Schwert, es blitzen die Klingen,
Dröhnend erkracht der Schild, und Haufen stürzt sich auf Haufen.
Hier zerschmettern in rasendem Lauf die Brust sich die Rosse,
130 Dort sinkt nieder der Mann vor dem harten Buckel des Schildes.
Mitten im Kampfesgewühl steht Walther, gleichend dem Schnitter,
Welcher das Feld durchmäht, sich bahnend blutige Straßen.
Gleich als säh'n sie den Tod leibhaftig würgen im Streite,
Kehrt ihm den Rücken der Feind, wohin er auch wendet das Antlitz.
135 Wilder nun rafft sich auf, nacheifernd dem Führer, das Ganze,
Mordet, zersprengt die Reihen, zermalmt die Flüchtigen jählings,
Bis der volle Triumph, der verheißene, blutig errungen.
Jetzo strömen durch das Gefild entfesselt die Scharen
Plündernd, bis das gewundene Horn des Führers sie heimruft.
140 Festlich schmückt er zuerst die Stirn mit dem grünenden Lorbeer;
Bannerträger folgen ihm nach, es folget die Mannschaft.
Heim zog ruhmgekrönt das Heer mit Siegesgepränge:
Jeglicher eilt alsbald zu des Hauses gastlicher Schwelle,
Aber zum Throne des Herrn beflügelt Walther die Schritte.

Wie Walther und Hiltgund entflohen.

145 Sieh, von der Hofburg eilet herab hellstrahlendes Blickes
Freudig der Diener Schar und hält ihm die Zügel des Rosses,
Bis Held Walther der Starke aus hohem Sattel herabspringt.
Spärliches wirft der Müde nur hin den Fragenden, schleunig
Tritt er in den Palast und eilet zum Saale des Königs.
150 Dort nun fand er allein Hiltgunden; da küßt er den Mund ihr.

„Schaffe", so sprach er, „schnell einen Trunk dem schmachtenden
                                 Freunde!"
Jene füllte sogleich mit Wein den köstlichen Becher,
Reicht' ihn dem Helden, der trank ihn aus, mit dem Kreuze ihn
                                 segnend,[1])
Aber der Jungfrau Hand hielt fest er verstrickt in der seinen.
155 Schweigend stand sie vor ihm und blickt' in das männliche Antlitz,
Beide wußten es wohl, daß zur Eh' sie einander erkoren.
Drum zur geliebten Maid nun begann der Recke zu reden:
„Lange tragen wir schon das Leid der Fremde gemeinsam,
Wissend, was der Eltern Beschluß uns künftig bestimmt hat;
160 Warum fesselt so lang das Bekenntnis die schweigende Lippe?"
Hiltgund, trüglichen Sinn argwöhnend, schwieg eine Weile.
Drauf sprach bitter ihr Mund: „Was heuchelt die Zunge, die falsche,
Was doch nimmer dein Herz noch begehrt, was ganz du verabscheust?
Wahrlich, es dünkt dich Schmach, zu erwählen solche Verlobte!"
165 Doch der verständige Held sprach, treu im Herzen sie minnend:
„Fern sei, was du gedenkst, gewähre nur gnädig Gehör mir,
Weißt du ja doch, daß ich nie mit verstellter Seele gesprochen.
Heut auch kennt mein Herz kein Falsch noch freventlich Scherzwort.
Außer uns beiden allein ist niemand jetzt in der Nähe.
170 Wüßt' ich, daß du mir fest mit ganzer Seele ergeben
Und mit heiligem Eid mir Treu' und Schweigen gelobest,
Möcht' ich enthüllen dir ganz des Busens tiefes Geheimnis."
Da, zu den Füßen des Jünglings geschmiegt, ruft feurig die Jungfrau:
„Herr, wozu Du mich rufst, zu allem bin ich bereit Dir;
175 Nichts entziehe mich mehr dem Willen meines Gebieters."
Jener darauf: „Längst ist es mir leid, in der Fremde zu leben.
Oftmals denk' ich zurück an der Heimat verlassene Gauen,
Und es schwillt mir die Brust, die heimliche Flucht zu beeilen.
Ach, ich hätte sie längst vollbracht, doch nimmer ertrüg' ich,
180 Heim zu eilen und hier Hiltgunden zu wissen im Elend."
„Wahrlich" — so sprach's dem Mägdlein warm aus dem innersten
                                 Herzen,
„Wahrlich, das ist's, was allein mir Herz und Sinne durchglühet
Ach, so lang! dein Will' ist der meine, wohlan denn, gebiete:
Leid oder Freud, ich trag' es mit dir in liebendem Herzen."

---

1) Beachte die Spuren christlicher Färbung, welche den geistlichen Verfasser verraten. Vgl. oben Vers 1. 97.

185 Walther nun flüsterte leis in das Ohr des minnigen Mägdleins:
„Hüterin bist du des Schatzes, vertraut sind dir Kammern und
Waffen,
Schaff' mir denn Etzels Helm und das dreifach geflochtene Kampf=
hemd,
Jene Brünne, darein das Zeichen der Schmiede gefügt ist.[1])
Fülle sodann mit hunnischem Gold zwei mäßige Schreine,
190 Daß du kaum zur Höhe der Brust vermagst sie zu heben.[2])
Vier Paar Schuhe für mich dann lege hinzu, wie sie bräuchlich,
Gleicherweise für dich, drauf häufe Gefäße und Spangen,
Bis die Schreine gefüllt da stehn bis zum obersten Rande.
Ferner heisch' insgeheim vom Schmiede gebogene Angeln;
195 Zehrung möcht' uns sein auf der Reise nur Fisch und Geflügel,
Selbst dann muß der Fischer ich sein und der kundige Vogler.
Mache denn alles bereit in einer Woche mit Vorsicht.
Jetzt aber höre den Plan, wie die Flucht wir sicher vollenden.
Wenn zum siebenten Mal zum Erdkreis Phöbus gekehrt ist,
200 Lad' ich zu üppigem Mahl den König, die Königin, alle
Fürsten und Herrn und Gesind' an die goldbelasteten Tafeln,
Alle mit Wein und schwerem Getränk zu Boden zu strecken,
Daß nicht einer verbleibt, der unser Beginnen bemerke.
Du aber nipp' aus dem Becher nur leicht, den Durst dir zu stillen.[3])
205 Stehn dann die übrigen auf, so enteil' zum bewußten Geschäfte,
Und wenn drauf die Gewalt des Trunkes sie all' übermannt hat,
Streben wir eilendes Laufs zu gewinnen die westlichen Lande."

1)   Inprimis galeam regis tunicamque — trilicem
    Assero loricam fabrorum insigne ferentem —
    Diripe, bina dehinc mediocria scrinia tolle.
Vermutlich das Werk Wielands, des mythischen Schmiedes, der
seine Kunst von Zwergen (Mime) lernte. Thatsächlich wird unten (S. 36)
Walthers Panzer als Wielands Werk bezeichnet, und nach der Wilkina=
sage haben Wieland und sein Sohn Wittich, die Schmiede, auf des
letzteren Brünne und sonstige Rüstungsgegenstände den giftspeienden,
goldenen Lindwurm als ihr Zeichen eingegraben. Zu beachten ist ferner,
daß Hadawart, der fünfte Kämpfer, später Walther als Schlange
anredet, welche ihre Glieder gegen die Pfeile unter der schuppigen
Hülle berge. (Vgl. V. 596 ff.) Auch die übrigen Rüstungsstücke lassen
sich dann natürlich als das Werk Wielands betrachten. Wie kann aber
Etzel in den Besitz dieser Brünne gekommen sein?
  2) Dieser ganze von Walther befohlene Raub ist als Wiedergewin=
nung des von Alpher gezahlten Tributs zu denken.
  3) Da die Frauen am Gelage der Männer nicht teilnahmen, so
ist Hiltgunde als diejenige gedacht, welche den Wein zu kredenzen hat.

2*

Bald war erschienen der festliche Tag, mit fürstlichem Aufwand
Hatte der Held gerüstet das Mahl; viel köstlich Gewebe
210 Schmückte den Saal ringsum, als Etzel der König hereinschritt.
Hochgemut führt' ihn Walther, gewohnten Gruß ihm entbietend,
Hin zum Thron, der geziert mit Purpur und kostbaren Decken.
Und der König erlas zu jeglicher Seite zu Nachbarn
Sich zwei Fürsten; den Platz der andern ordnete Walther:
215 Hundert Polster umher bestiegen die Tafelgenossen,
Und es schwitzte der Gast, durchschmausend die Reihen der Schüsseln.
Trachten folgten auf Trachten, es prunkten auf köstlichem Linnen
Golden die Schüsseln, es würzte die Luft der rötliche Mischtrank
Aus dem güldnen Pokal und reizte zu süßem Genusse.
220 Rastlos aber mahnte der Held zum Schmausen und Zechen.
Als nun die Ordnung entflohn und die Halle von Tischen geräumt war,
Wandte sich heiteres Muts Held Walther hin zum Gebieter:
„Herr, in dem Einen, ich bitt', laßt leuchten noch euere Gnade,
Daß ihr selbst mit dem Vortrunk nun entflammet die Zechlust!"
225 Sprach's und kredenzt ihm den Humpen, den größten, von herr=
licher Arbeit,
Welcher die Thaten erzählt der Ahnen in künstlichem Bildwerk.
Lächelnd nimmt ihn der König und leert ihn mit einem Zuge,
Trinkt und gebeut, daß jeglicher Gast in der Reih' es ihm nachthu'.
Schneller nun laufen hinzu und laufen zurücke die Schenken,
230 Reichend voll die Humpen und leer sie wieder empfangend;
Also entfachte der Wirt und der Ruf des Königs die Trinkschlacht.
Bald hat glühender Rausch des ganzen Hofs sich bemeistert,
Und es lallt verworrenes Geschwätz von triefenden Lippen,
Und es wankt in den Knien manch heldenkühner Geselle.
235 Tief in die Nacht zieht Walther den Dienst des gewaltigen Bacchus,
Bis sie alle bezwungen vom Wein, dem Schlafe zur Beute,
Rings in den Gängen umher ausruhn in dumpfer Betäubung.
Hätt' er jetzt die Flamme gelegt an den ragenden Burgbau,
Da war niemand mehr, der erkennen mochte den Thäter.
240 Jetzo rief er heran zu sich die minnige Jungfrau:
„Schaffe nun eilig hinab in den Hof das bereite Geräte!"
Selber dann führt' er hinaus aus dem Stall das beste der Rosse,
Welches er selbst „den Löwen" genannt ob mancher Bewährung.
Kauend wild das beschäumte Gebiß zerstampft es den Boden.
245 Als er ihm übergelegt nach Gewohnheit den köstlichen Reitschmuck,
Hängt er ihm über den Bug die schätzebergenden Schreine,

Fügt ein Körblein Speise dazu, gar wenig zur Reise,
Und übergiebt der Rechten der Maid die wallenden Zügel.
Aber er selbst umkleidet den riesigen Leib mit dem Panzer,
250 Stürzt auf das Haupt den Helm mit dem roten wehenden Helmbusch,
Bindet die goldene Schien' um die Waden und mächtigen Schenkel,
Gürtet die Hüfte links mit dem doppelschneidigen Schwerte,
Aber ein anderes hängt' er nach Hunnengebrauch an die rechte,
Das mit einer Schneide nur schlägt die tödlichen Wunden.
255 Drauf mit der Rechten den Speer ergreifend, den Schild mit der Linken,
Kehret besorglich er nun dem verhaßten Lande den Rücken.
Hiltgund lenket das Roß, mit manchem Talente beladen,
Haltend in zarter Hand des Fischers Angelgeräte.
Denn der gewaltige Mann war selbst belastet mit Wehrzeug,
260 Stündlich bereit zum Kampf. So ziehen sie hin in den Nächten.
Aber wenn die Sonne das Frührot sandte zur Erde,
Suchten sie bergenden Schutz in der Wälder schattiger Laubnacht,
Denn es wogte die Angst in des Mägdleins pochendem Herzen,
Daß sie erschrak vor jedem Geräusch, vor dem Säuseln des Windes,
265 Vor Waldvögeleins Ruf und Geflüster der wehenden Zweige.
Fern von Dörfern und Menschengeheg und lieblichem Fruchtfeld,
Mitten durch rauhes Gebirg mit viel gewundenem Umweg
Tragen sie weg- und steglos dahin die hastenden Schritte.[1]
Vöglein weiß er zu locken mit Kunst und schlau zu berücken,
270 Hier das Fangholz legend und dort verknüpfend die Schlinge.
Aber gönnt' er sich Rast am gekrümmten Ufer des Flusses,
Warf die Angel er aus und holt' aus der Tiefe die Beute:
Also wehrt' er des Hungers Pein in rastloser Arbeit,
Nimmer zu süßem Liebesgespräch sich gönnend die Muße.

Wie sie ins Frankenland kamen und Gunther ihnen nachritt.

[V. 358—418 des lat. Textes.] Indessen ist Etzel mit seinem Hofe vom Rausch erwacht und fragt vergeblich nach Walther. Als gleichzeitig Frau Ospirin Hiltgundes Verschwinden entdeckt, geraten beide in Wut und Verzweiflung. Vergebens bietet Etzel Gold und Kostbarkeiten: niemand wagt Walther nachzureiten aus Furcht vor seiner Stärke.

---

1) Sie gehen also beide zu Fuß, Walther in voller Rüstung voran, den Weg suchend, Hiltgund mit dem Roß am Zügel ihm auf dem Fuße folgend.

275 Vierzigmal nun hatte die Sonn' umkreiſet das Erdrund,
Seit Held Walther den Rücken gewandt der Hunniſchen Hauptſtadt.
Selbiges Tags¹) erreicht' er, als ſchon der Abend hereinbrach,
Endlich des Rheines gewaltigen Strom, juſt wo er den Lauf nimmt
Hin gen Worms, zur Stadt, des Königs ſtrahlendem Hochſitz.
280 Fiſche gab er dem Fergen, die jüngſt er gefangen, als Fährgeld:
Jenſeits ſchreitet er weiter in raſtlos eilendem Laufe.
Als nun der junge Tag das ſchwarze Dunkel verſcheuchet,
Brachte der Ferge die Fiſche zu Hof, und der Meiſter der Küche
Setzte ſie wohl gewürzt und geſalzen vor Gunther den König.
285 Da rief Gunther erſtaunt vom hoch erhabenen Seſſel:
„Solcherlei Fiſche, fürwahr, hat Franken nimmer gezeitigt;
Fernher kamen ſie wohl, ſag' an, wer brachte die Fiſche?"
Und den Fährmann nannte der Koch; da befahl der Gebieter,
Ihm zur Stelle ſogleich den Fergen zu ſchaffen; der kündet
290 Bald dem fragenden König die Mär vom fahrenden Recken:
„Geſtern war's um die Veſper, da ſaß ich am Ufer des Rheines,
Als beſchleunigtes Schritts ein fremder Recke mir nahte,
Starrend ganz in Erz, als ging er juſt zum Gefechte.
Tapfer ſchien er und ſtark: leicht ſetzt' den gewichtigen Schritt er,
295 Ob auch Schild und Speer und des Panzers Wucht ihn belaſtet.
Hart auf den Ferſen folgte dem Mann ein minniglich Mägdlein,
Herrliches Wuchſes und ſchön wie der Glanz der Sonne zu ſchauen.
Selber lenkt ſie, den Zaum in der Hand, das gewaltige Streitroß,
Dem zwei Schreine, nicht klein, gehängt ſind über den Rücken.
300 Aber wenn es ſchnaubend den ſtolzen Nacken zurückwarf
Oder der Schenkel gewaltige Kraft aufſtampfend erprobte,
Gab es drinnen Getön wie Gold und köſtlich Geräte.
Selbiger hat mich bezahlt mit den hier bereiteten Fiſchen."
Hagen, des Königs Tafelgenoß, hatt' kaum es vernommen,
305 Als er aus freudiger Bruſt in den Saal laut jubelnd hineinrief:
„Freuet euch mit mir, Freunde, dieweil wir ſolches vernommen;
Walther, mein trauter Geſell, iſt heimgekehrt von den Hunnen!"
Rief's, und Jubel erſchallt' ringsum im Saale des Königs.
Gunther jedoch verwegenes Sinns hub alſo die Rede:
310 „Freuet euch lieber mit mir, dieweil ich ſolches erlebe!
Jenen Schatz, den Gibich gezahlt dem König des Oſtens,
Hat nun zurück in mein Reich hierher der Allmächt'ge geſendet.

---

1) Welcher Widerſpruch zu B. 260 ff.?

Sprach's, sprang auf, und schleudert beiseit mit dem Fuße die
   Tafel,
Herrschet sein Roß herbei und heißt zwölf Recken sich rüsten,
315 Auserlesen an Kraft und oft bewähretem Mute.
Hagen auch heißt er satteln: der denkt in Treu'n des Gesellen,
Bittet den Herrn, zu ändern den Sinn, doch leider vergeblich.
„Vorwärts", rief er starres Sinns, „umpanzert die Brust euch,
Kleidet in Eisen die Glieder, den Frankenschatz zu erjagen!"
320 Und mit Geschossen versehn, gedrängt von des Königs Befehle,
Stürmen zum Thor sie hinaus mit Begier dich, Walther, zu fällen
Und das gewonnene Gut dem friedsam Gesinnten zu rauben.
Immer noch mühte sich Hagen, die frevle That zu verhindern,
Aber es ließ von dem Vorsatz nicht der verblendete König.
325 Walther indes kam frohes Muts, vom Strome sich wendend,
Hin zum Gebirg, das Wasichenwald von alters genannt ist.
Mächtig dehnt sich der Wald voll Lager des wilden Getieres,
Ringsum hallend von Hundegekläff und dem Schmettern des Jagd=
   horns.
Fernher ragen empor zwei Berge nah bei einander,
330 Eng dazwischen erstreckt eine Schlucht sich, herrlich zu schauen,
Mitten durch wildes Gezack der hochaufragenden Felsen,
Recht zum Lager gemacht dem wilden Räuber, dazu auch
Sprossen nährende Kräuter und üppiges Grün in dem Waldloch.
Kaum erblickt' es der Held: „dort", rief er, „wollen wir rasten,
335 Dort im festen Gelaß den ermüdeten Leib zu erquicken."
Denn seitdem der Flücht'ge verließ die avarischen Grenzen,
Hatt' er des Schlafes stärkende Ruh nicht anders gekostet
Als auf den Schild nur gelehnt, mit kaum geschlossenen Augen.
Nun warf von sich die krieg'rische Last der tapfere Recke,
340 Und ihr lehnend das Haupt in den Schoß ermahnt er die Jung=
   frau:
„Habe nun sorgsam acht, Hiltgund, und siehst du von fernher
Dunkles Staubgewölk aufwirbeln, wecke mich leis dann,
Schmeichelnd mit zarter Hand, ja sähest du auch in gewalt'gen
Scharen sich nahn die Feinde, so scheuche den Schlummer vom Auge
345 Doch nicht allzujäh, Vieltheure, denn weithin erkennbar
Ist ja rings dem Auge dein, dem klaren, die Gegend."
Also sprach jung Walther und schloß die leuchtenden Augen.

Aber als Gunther im Sand wahrnimmt die Spuren der Wandrer,
Treibt er sein schnaubendes Roß mit schärfer stachelnden Sporen.

350 „Auf denn", so tönet sein Ruf durch die Luft aus jubelndem
Herzen,
„Auf denn, ihr Mannen, geeilt, noch heute sollt ihr ihn sahen,
Nimmer soll er entfliehn mit seinen gestohlenen Schätzen!"
Hagen jedoch entgegnet, der edle, frei dem Gebieter:
„Eins nur mach' ich dir kund, mein Herr und tapferster König:
355 Hätteft so oft als ich du Walthern im Kampfe gesehen,
Wie er immer aufs neu anhebt mordwütend die Feldschlacht,
Nimmer dann schien es so leicht dir, ihm abzujagen die Beute.
Wo auch immer die Hunnen bekriegten die Völker des Erdrunds,
Dort stand Walther, ein Schrecken dem Feind, den Genossen ein
Wunder.
360 Glaub', o König, o glaubt mir, ihr Herrn, ich weiß, wie gefährlich
Der den Schild zu schwingen versteht und die Lanze zu schleudern."
Gunther jedoch verstockten Sinns ließ nimmer sich warnen.
Also nahten sie bald zuhauf der bergenden Felsschlucht.
Aber von Bergeshöh' umspähend gewahrete Hiltgund
365 Jetzt am wirbelnden Staub ihr Nahn, und mit leiser Berührung
Mahnt sie sanft den Schläfer; der richtet verwundert das Haupt
auf,
Streichend vom Auge hinweg die grauen Schleier des Schlafes.
Schnell dem Fragenden kündet die Maid, daß Reiter herannahn.
Mählich kleidet er wieder in Erz die nervigen Glieder,
370 Nimmt den gewichtigen Schild zur Hand und die wuchtige Lanze,
Schwingt im Sprunge den Stahl, die leichten Lüfte durchschnei=
dend,
Prüfend zum bittern Kampf die Waffen im flüchtigen Vorspiel.
Siehe, da schauet die Maid schon nahe den Schimmer der Speere,
Und von Schreck übermannt sinkt sie laut klagend zu Boden:
375 „Wehe, die Hunnen sind da, nun fleh' ich, teurer Gebieter,
Zücke dein Schwert, schlag ab mir das Haupt, daß nimmer ein
andrer,
Kann ich dein nicht werden, mich jemals zwinge zum Ehbund!"
„Soll unschuldiges Blut mich beflecken?" erwidert der Jüngling —
„Oder wie könnte mein Schwert wohl niederwerfen die Feinde,
380 Wenn es blutig mordet das Leben der treuen Geliebten?
Fern sei, was du begehrst, verbanne die Furcht aus dem Herzen.
Der mich so oft hat gnädig geführt durch viele Gefahren,
Der ist mächtig genug, auch diese Verfolger zu schrecken."
Sprach's und spähend erhob er das Aug' und redete weiter:

385 „Wahrlich, das sind nicht Hunnen, nein Franken, Niblungen[1])
 sind es,
Landesbewohner dahier!" Und Hagen am Helme erkennend
Ruft er lachend hinab: „Das ist mein alter Geselle,
Hagen, mein Schicksalgenoß!" und tritt zum Eingang der Höhle:
„Hier an der Pforte denn künd' ich den Herrn ein warnendes
 Wörtlein:
390 Niemals soll heimkehrend ein Franke der Gattin sich rühmen,
Daß ein Tüttelchen nur von unserm Gut er geraubet!"
Aber kaum vollendend das Wort, fleht reuig Vergebung
Er, auf die Erde gestreckt, daß er also vermessen gesprochen.[2])
Dann aufstehend mustert er prüfend die Reihe der Feinde:
395 „Keinen fürcht' ich von allen, die dort mein Auge erschauet,
Außer Hagen, denn er allein kennt meine Gewohnheit
Und weiß selber genug zu üben verschlagene Kampflist;
Aber wenn Gott mir hilft, daß diesem ich siegend begegne,
Hiltgund, Geliebte, dann bleib' in dem Kampf ich sicher bewahrt
 dir."
400 Da nun also dräuend am Felsthor Walther gewahret
Hagen, spricht er noch einmal das warnende Wort zum Gebieter:
„Laß doch ab, mein König, den Recken dort also zu reizen,
Oder entsende zuvor doch einen der tapferen Mannen,
Der ihn befrag' um Geschlecht, um Vaterland, Namen und Herkunft;

---

1) Franci Nebulones. Nebulones ist Latinisierung von Niblungen. Dieser Ausdruck erscheint also hier als historische, nicht mythische Bezeichnung. Es liegen auch andere Spuren vor (vgl. Wilh. Müller, Mythologie der deutschen Heldensage S. 29 ff.), daß „Nibelungen" wirklich eine auf die Franken bezügliche historische Bedeutung gehabt hat, und daß erst durch die Siegfriedsage die Vermischung mit dem mythischen Nibelungengeschlechte eingetreten ist. Jedesfalls erklärt sich unter dieser Annahme die merkwürdige Gleichsetzung von „Burgunden" und „Nibelungen" im Nibelungenliede viel einfacher als durch die ganz willkürliche Hypothese, daß in dem Namen der Fluch ausgedrückt sei, der an dem Horte haftete, daß also die Besitzer des Hortes dadurch als „Söhne Nebelheims", als der Unterwelt verfallen, bezeichnet wurden. Davon findet sich weder im Nibelungenliede selbst noch in der nordischen Sage irgend eine Spur. Daß aber Ekkehard die mythische Beziehung des Namens Nibelungen kannte, zeigt der Ausdruck Nebulones, in welchem zugleich ein Wortspiel mit verächtlicher Bedeutung liegt (Nebelleute, Windbeutel).

2) Das ist das „venje fallen" (veniam petere) der Benediktinerregel. Der Reuige warf sich in Kreuzesform mit ausgebreiteten Armen zur Erde.

405 Frieden fleht er vielleicht und bietet willig den Schatz dir
Ohne den blutigen Kampf, und wenn er selbst auch beharret,
Zollt er verständig wohl deiner Ehr' eine billige Rücksicht."
Also entsandt' einen Mann, der Gamelo hieß, der Gebieter,
Den zum Vogt von Metz aus Frankenland er erwählet.
410 Gaben zu bringen zu Hof war tags vorher er gekommen.
Dieser, dem Sturmwind gleich hinbrausend, erreichte den Helden,
Der ihn fest erwartet, und sprach zu ihm also beginnend:[1])
„Sage mir, Held, wer bist du, des Weges woher, wohin willst du?"
Und der hochherzige Jüngling entgegnet dem Fragenden also:
415 „Kommst du von selbst, oder schickt dich jemand? das sage zuvor mir."
Aber der stolze Gamelo sprach hochmütig die Worte:
„Wisse denn: Gunther, dahier des Landes gewaltiger König,
Hat mich gesandt, dich zu fragen, was hier im Lande du treibest."
Solches hörend entgegnete drauf der herrliche Jüngling:
420 „Wußt' ich doch nimmer, weshalb es so not, des Wandrers Gewerbe
Auszuspüren! Jedoch nicht zag' ich, es offen zu nennen.
Walther werd' ich genannt, aus Aquitanien gebürtig.
Früh schon hat mich der Vater als zarten Knaben vergeiselt
Etzel dem König, dort hab' ich gelebt und kehre zurück jetzt,
425 Wiederzusehen mein Land und Volk sehnsüchtig begehrend."
Drauf der Herold: „Der Herr, der eben Genannte, gebietet,
Daß du das Roß mit den Schreinen zugleich und die Jungfrau
                                    ihm hergiebst.
Thust du solches in Eil', so schenket er Leben und Leib dir."
Da sprach Walther mit keckem Mut die trotzigen Worte:
430 „Wahrlich, dummer Geschwätz vernahm von verständigem Mann ich
    Nimmer! Du sprichst von Dingen, die mir ein König — wer
                                    kennt ihn? —
Schenkt, die doch sein eigen nicht sind und nimmer es werden.
Ist er ein Gott, daß mein Leben er mir vermag zu versichern?
Hat sein Arm mich bezwungen, und lieg' ich im Kerker gefangen?
435 Hat er wohl gar mir die Hände schon auf den Rücken gebunden?
Dennoch vernimm: wenn dein Herr mich vom Kampf zu entbinden
                                    geneigt ist,
— Denn ich seh' es, er kam in Wehr und Waffen zu streiten —:

---

[1]) Wortkämpfe, die dem Waffenkampfe vorangehen, sind dem deutschen wie dem griechischen Altertum eigen. Vgl. Hildebrandlied und Nibelungenlied. Auch die folgenden Kämpfe bieten zahlreiche Beispiele. Vergleiche auch das Wortgefecht der Helden am Schlusse des Ganzen.

Hundert gewundene Ringe,¹) von rotem Golde gefertigt,
Will ich ihm geben sogleich, des Königs Namen zu ehren."
440 Gamelo kehrte zurück, nachdem den Bescheid er empfangen,
Und er erzählte den Herrn, was jener entbot und geweigert.
Hagen darauf zum König: „O nimm die gebotene Gabe,
Herr, wie kannst du begaben so reich mit ihr deine Mannen!
Schlimmes hat in vergangener Nacht ein Traum mir verkündet:
445 Herr, ich sah dich in heißem Kampf mit dem grimmigen Bären,
Welcher nach langem Ringen das Bein dir hinauf bis zur Hüfte
Gänzlich vom Leib abriß mit gräßlich zerfleischendem Bisse,
Und wie zur Hülf' ich dir eil' mit hocherhobenem Wurfspeer,
Stürzt er auf mich und reißt mir ein Auge mit spitzigem Zahn aus."
450 Aber der König sprach mit Hohn hochfärtiges Sinnes:
„Wahrlich, du artest genau nach deinem tapferen Vater,
Welcher das zageste Herz auch trug im frostigen Busen
Und mit geschwätziger Red' auswich den Kämpfen der Männer!"
Da entbrannte Hagen der Held zu gerechtestem Zorne,
455 — Ist es anders erlaubt, je seinem Gebieter zu zürnen.²)
„Wohl," so sprach er, „erfreuet euch denn des bitteren Kampfes,
Seht, dort steht er, der Mann, den ihr sucht; so kämpfe denn jeder!
Ich mag Geselle des Raubes nicht sein, doch harr' ich des Aus=
gangs."
Sprach's und ritt abseits auf den nahe gelegenen Hügel,
460 Stieg vom Roß und setzte sich hin, zuschauend gelassen.

Wie Walther elf Helden erschlug.

Aber Gunther entsandte den Gamelo, also befehlend:
„Geh und verkünd' ihm, daß er den Schatz mir ganz überliefre;
Weigert er sich — so bist du der Mann, verwegen und tapfer,
Der ihn besteht und mannlich ihn streckt und das Gut mit Gewalt
nimmt."
465 Abritt jetzt der Vogt von Metz, dem Sitze des Bischofs.
Fahl vom Haupt erglänzt ihm der Helm, von der Brust ihm der
Panzer,
Und aus der Ferne schon ruft er ihm zu: „Hör', holla, Geselle,

---

1) armillac, das sind Armringe, bougá im Hildebrandliede. (Vgl.
V. 481 Hildebrandl. V. 33. Nib. 316.)
2). Beachte die durch das Gedicht gehende strenge Auffassung des
Dienstverhältnisses.

Ganz und gar dein Gut ausliefre dem König der Franken,
Wenn du das Leben dir willst und Gesundheit ferner bewahren!"
470 Schweigend verharrte darauf eine Weile der tapfere Recke,
Wartend, daß näher heran noch komme der schnaubende Gegner.
Wiederum ruft der Entsendete laut, indem er heransprengt:
„Ganz und gar gieb wieder¹) den Schatz dem König der Franken!"
Fest antwortete jetzt und unerschüttert der Jüngling:
475 „Welch ein Begehr! Was drängst du so frech mich wiederzugeben?
Ward denn gestohlen von mir das Gut dem Könige Gunther?
Oder hat er mir etwas geliehn, das mit Wucher er eintreibt?
Hab' euer Land ich so schwer auf meinem Zuge geschädigt,
Daß du glaubst, ich sei euch mit Recht zur Plündrung verfallen?
480 Aber wohlan, wenn so gierig das Volk nach dem Gute des
Wandrers,
Sieh, ich feilsch' um den Weg; zweihundert Spangen noch biet' ich,
Wenn der König Frieden mir schenkt und stehet vom Streit ab."
Gamelo hörte das Wort blutdürstiges Herzens und sagte:
„Mehren noch wirst du die Gab' und aufthun endlich die Schreine.
485 All das Geschwätz nun bin ich gewillt zum Ende zu bringen.
Gieb das Verlangte sogleich, oder laß dein Leben zur Stelle!"
Sprach's, und den dreifachen Schild an den Arm sich schnürend
erhebt er
Zielend den schimmernden Speer; und mit aller Gewalt ausholend
Schleudert er ihn. Doch der Jüngling entweicht dem Wurfe mit
Vorsicht.
490 Tief in das Erdreich bohrt eine nichtige Wunde die Lanze.
„Auf denn ans Werk," rief Walther, „es sei, wie ihr es ge=
wollt habt!"
Und gleichzeitig wirft er den Speer, der fährt durch den Schildrand
Links und heftet Gamelos Hand an die Hüfte, von der sie
Just das Schwert will zücken, und bohrt in sausendem Schwunge
495 Tief in den Rücken des Rosses sich ein; das bäumet vor Schmerz auf,
Schlägt hoch aus und hätt' aus dem Sattel den Reiter geworfen,
Wenn nicht fest ihn die Lanze geheftet: nun wirft er den Schild weg,
Faßt mit der Linken den Speer, sich mühend zu lösen die Rechte.
Walther gewahrt's, und hinzu springt schnell der ruhmvolle Recke,
500 Bohrt mit gestemmtem Fuß ihm das Schwert tief bis an den
Griff ein

---

¹) Die Auffassung Gunthers, daß Walther die als Tribut von seinem Vater gezahlten Schätze habe, ist streng festgehalten.

Und zieht Schwert und Lanze zugleich aus der tödlichen Wunde.
Roß und Reiter sanken vereint zur Stund' in den Staub hin.
Als das Gimo, Gamelos Neffe, gewahrt aus der Ferne,
Gamelos Brudersohn, — Scaramund auch nennen ihn andre —
505 Laut aufschreit er im Schmerz und ruft mit Thränen im Auge:
„Mich allein trifft, was da geschehn! zurück nun ihr andern!
Entweder sterb' ich mit ihm, oder räche den teueren Blutsfreund." [1]
Einzeln war bei der Enge des Orts zu kämpfen nur möglich,
Und schon dem Tode geweiht, sprengt fort Scaramund, der Verlorne,
510 Zwei Wurfspeer' in der Hand mit breiter eiserner Spitze.
Als er Walther in Ruh, von keinem Schrecken erschüttert,
Festgewurzelt sieht an seinem Orte verharren,
Redet er knirschend ihn an, auf dem Helme schüttelnd den Roß-
 schweif [2]):
„Wem vertraust du noch, und worauf noch steht deine Hoffnung?
515 Nicht den Schatz noch irgend ein Teil deiner Habe begehr' ich,
Rächend fordr' ich das Leben des hingemordeten Oheims."
Sprach's und schleudert zugleich die eine der ehernen Lanzen,
Gleich auch die andre danach. Allein der herrliche Kampfheld
Weicht der ersteren aus und fängt mit dem Schilde die andre.
520 Jetzt ansprengend blößt Scaramund die Schärfe des Schwertes,
Dringt auf ihn ein mit wilder Begier, ihm die Stirne zu spalten.
Aber zu nah ihm gedrängt auf schlecht gezügeltem Rosse,
Kann er nimmer den tödlichen Hieb versetzen dem Haupte,
Sondern prallt mit dem Griff auf den Helm, der dröhnt von dem
 Schlage,
525 Und aufsprühend stob in die Luft ein feuriger Regen.
Aber nicht mehr konnt' er das Roß, das unbändige, wenden:
Unter das Kinn in den Hals stößt Walther die schneidige Lanze,
Schleudert weit aus dem Sattel den Sterbenden rückwärts: da
 half ihm
Flehen nicht mehr: mit dem eignen Schwert hieb ab er das
 Haupt ihm,
530 Und hinströmend mischt sich sein Blut mit dem Blute des Oheims. [3])

---

1) Beachte die Motive der einzelnen Kämpfe. Sie beruhen teils auf der Dienstpflicht, teils auf Blutrache, teils auf Ruhm und Beutesucht.

2) germanisch?

3) Beachte die verschiedenen Todesarten der Helden: sie sind von gewisser Bedeutung für die kriegerischen Anschauungen und Gebräuche. Die Mannigfaltigkeit der Darstellung zeugt von Ekkehards dichterischem

Als seinen Fall auf dem Walplatz sah der vermessene Gunther,
Mahnt er laut die Gesellen, begierig den Kampf zu erneuern:
„Vorwärts, rennet ihn an, laßt nicht zu Atem ihn kommen,
Bis ihm die Kräfte vergehn und hingestreckt auf den Boden
535 Er den Schatz hergiebt und das Leben zur blutigen Sühne!"
Siehe, schon reitet als Dritter ihn an der tapfere Wernhard,
Aus uraltem Geschlecht in langer Reihe entsprossen:
Pandarus, dir ein Verwandter,[1]) und deiner Künste ein Meister,
Rühmlicher Mann, der einst nach Befehl das Bündnis zu sprengen,
540 Mitten ins Heer der Argiver zuerst den verderblichen Pfeil schoß!
Dieser, verachtend den Speer, bot ungleichartigen Kampf nun
Walther mit fern entsendetem Pfeil. Der verharrte dort männlich,
Deckend sich gegen den Schuß mit dem siebenfältigen Schilde,
Bald den kommenden Pfeil auffangend, als wär' es ein Spiel nur,
545 Bald ausweichend beiseit, losschüttelnd vom Schild die Geschosse.
Als nun ins Blaue verschwendet der Pandaride den Köcher,
Zieht er zornig das Schwert, ansprengend mit prahlender Rede:
„Wenn du verschlagen bisher mit dem luft'gen Geschoß nur ge-
spielt hast,
Fühle denn jetzt einmal den Schlag der geschwungenen Rechten!"
550 Walther lachte das Herz in der Brust, als jetzt er ihn anging:
„Längst schon wart' ich darauf, daß sein Recht dem Kampfe geschehe;
Schnell denn heran, mich sollst du gewiß hier säumig nicht finden!"
Und mit gewaltiger Kraft hinschleudert der Jüngling die Lanze,
Und dem Roß fährt tief in die Brust der beflügelte Wurfspieß.
555 Hoch aufbäumt sich das Tier und schlägt in die Luft mit den Hufen,
Wirft den Reiter herab und begräbt ihn in wuchtigem Falle.
Schnell springt Wather hinzu und entreißt das Schwert mit Ge-
walt ihm,
Schmettert den Helm ihm vom Haupt und packt es am blonden
Gelocke.
Flehentlich bat der Gefällte jetzt um sein Leben,[2]) doch Walther:
560 „Solcherlei Rede führte bisher dein prahlender Mund nicht!"
Sprach's und trennt' ihm das Haupt vom Rumpf und verließ den
Entseelten.

Talente. Doch ist sie als Quelle für die altgermanischen kriegerischen
Anschauungen und Gebräuche mit Vorsicht zu behandeln, da Ekkehard
auch hier viel aus Vergil genommen hat.
1) Ein Seitenstück zur Herleitung Hagens aus Troja. Vgl. ob. V. 28.
2) germanisch?,

Drei Leichname schon sah auf dem Platze der rasende König,
Aber ihn schreckte der Anblick nicht: er heischte Vollendung.
Sieh, da schreitet als Vierter zum Kampf Herr Eckfried, der
Sachse,
565 Der aus der Heimat einst als landesflüchtiger Recke,¹)
Weil einen Fürsten er schlug, zu Gunthers Hofe geflohen.
Stolz auf scheckigem Roß hertrabend siehet er Walther
Schon zum Kampfe bereit und ruft: „Ha, sage mir, Unhold,
Bist du gefeit, oder täuschest du uns durch Nebelgestalten?
570 Scheinest mir wahrlich ein Schrat²), der in Wäldern hauset und
Klüften!"
Jener darauf hohnlachend: „Die keltische³) Zunge verrät dich,
Bist aus dem Volk, das vor allen Natur zum Spaßen bestimmt
hat!⁴)
Aber kommst du heran, und kann mein Arm dich erreichen,
Wahrlich, so sollst du den Sachsen dereinst kurzweilig erzählen,
575 Was du im Wasichenwald für lustige Waldschrat' erschaut hast."
„Will's denn erproben, wes Art du seist!" ruft Eckfried, und schleudert
Machtvoll den eisernen Speer, vom haltenden Riemen geschwungen.
Aber er fiel zur Erde, zersplittert am Buckel des Schildes.
Walther entgegnet ihm drauf, das treffende Eisen entsendend:
580 „Nimm denn das Gegengeschenk, das hier dir sendet der Waldschrat;
Prüf' ob tiefer fährt die Lanze, wenn ich sie geschwungen!" —
Und hin fuhr durch den hölzernen Schild, überzogen mit Stierhaut,
Schneidend der Speer und zerriß das Wamms und durchbohrte
die Lunge.
Eckfried sank in den Staub, der Arme, und spie einen Blutstrom

---

1) „Recken" (recchco vgl. Hildebrandl. V. 49) hießen diejenigen,
welche wegen eines Verbrechens ins Elend (Ausland, Verbannung)
gehen mußten. Eigentlich heißt recchco die Bestraften, von ahd. rechan,
was in unserm „rächen, Rache" noch vorhanden ist. Wie dann dieses
Wort ein Ausdruck für „Held" werden konnte, ist leicht zu finden.

2) Ein neckender, unfaßbarer Kobold.

3) d. h. etwa „dein Kauderwelsch". Wie wir diesen Ausdruck für
jede unverständliche Ausdrucksweise gebrauchen, so mag in jener Zeit
„keltisch" verwendet worden sein. Übrigens kommt in diesen und den
folgenden Worten Walthers eine feindselige Stimmung gegen die Sachsen
unverkennbar zum Ausdruck.

4) cui natura dedit reliquas ludendo praeire. 'Im Spaßen
allen voranstehen', vielleicht aktiv und passiv: die da spaßen, und mit
denen man spaßt, die man nicht ernst nimmt.

585 Von sich): „er floh vor dem Tod und lief ihm hier in den Rachen.
Rückwärts führet sein Roß auf die Weide der streitbare Jüngling.
Da zum fünften erheischt sich den Schild des Feindes von Gunther
Hadawart, ganz verblendet im Herzen von blähendem Ehrgeiz.
Aber er ließ den Genossen zurück den Speer zur Bewahrung,
590 Einzig vertrauend dem Schwert, der Rasende, eilt er zum Kampfe.
Als er nun völlig den Weg von dem Haufen der Leichen versperrt
fand,
Also, daß er zu Roß nicht vermochte hinüber zu kommen,
Sprang er sogleich aus dem Sattel und stürmte zu Fuß auf den
Helden.
Der erwartet ihn stehend, der Waffengewalt'ge, und lobt ihn,
595 Daß er die gleiche Bedingung des Kampfs ihm biete, doch Hadwart:
„O du verschlagene Schlang', du von tückischen Listen erfüllte![1]
Feige gewohnt nur den Leib in den schuppigen Panzer zu hüllen
Und wie die Natter geballt zum Kreis daliegend entgingst du
Unversehrt den Geschossen und spielst mit vergifteten Pfeilen
600 Zuchtlos![2] Meinst du, du werdest auch jetzt ausweichen dem Schlage,
Den meine Faust hier führt, dir nah, mit gewaltigem Schwunge?
Hör' einen Rat drum: lege den bunt bemaleten Schild ab!
Denn als Kampfpreis hat ihn bestimmt mir des Königs Gelübde.
Leid doch wär' mir's, wenn Schaden er litt', er gefällt meinen
Augen.
605 Wenn aber nicht, und schiebest du mich vom erquickenden Lichte —
Dort sind Genossen genug und leibliche Blutesverwandte,
Die, auch wenn du ein Federkleid nähmst und flögst wie ein Vogel,[3]
Dennoch dich unversehrt von hier nicht ließen entwischen."
Ihm antwortete drauf, der die Furcht nicht kannte, Held Walther:
610 „Schweig' ich der Schmähung, so werd' ich den Schild mir zu
schirmen doch wissen.
Glaub' mir, ich bin als Schuldner zu großem Dank ihm verpflichtet;

---

1) S. oben zu V. 188.
2) atque venenatas ludis sine more sagittas. Andere Auffassung: „Und verhöhnst zuchtlos die bezauberten Pfeile," nämlich die nach altgermanischer Weise mit einem „Segen" versehenen Pfeile scil. der Franken. Noch im christlichen Mittelalter spielen Schwertsegen eine Rolle, vergl. Parzival V, 790 u. S. 299 meiner Ausg.
3) Wie Wieland der Schmid. Uralter germanischer Sagenbestand. Odin raubt den Met als Adler, die Valkyrjen (s. unten den ersten Zauberspruch) führen das Schwanenhemd. (Vgl. Hagen auf der Hunnenfahrt, und den weissagenden Schwan im Gudrunliede.)

Warf er sich doch so oft den grimmigen Feinden entgegen,
Und ließ selber die Wunden sich schlagen, die mir doch gegolten.
Und was er heute mir wert, du siehst's; denn hätt' er gefehlt mir,
615 Wahrlich, du führtest wohl nicht mit Walther mehr Wechselgespräche.
Schütze mit ganzer Kraft denn das Bollwerk, du tapfere Rechte,
Aber, Linke, du leim' um den Griff die umklammernden Finger."
Jener noch einmal: „Die Last leg' ab, die so weit du dahertrugst,
Sonst wirst unfreiwillig du thun, was thöricht du weigerst.
620 Und den Schild nicht allein, auch das Roß und das Gold und die
Jungfrau
Mußt du geben, dadurch deiner Thaten Frevel zu büßen."
Sprach's, und entriß das Schwert, das oft erprobte, der Scheide
Beide, gerüstet mit mächtiger Wehr, und an Kampfmut erhaben,
Dieser vertrauend dem Schwert, und jener der wuchtigen Lanze,
625 Rennen sich an: welch grauses Geblitz! Es entsetzt sich der Wasgau.
So nicht ertönt vor den Schlägen der Axt die dunkele Steineich',
Wie die Helm' erklingen und weithin hallen die Schilde.
Staunend sehen's die Franken, daß nimmer der Held noch ermüdet,
Walther, welchem bisher nicht Rast noch Ruhe gegönnt ward.
630 Jetzt fährt mutig der Wormser empor in gewaltigem Sprunge,
Schwingend das Schwert, mit dem einen Schlag das Treffen zu
enden.
Aber der Jüngling fängt mit dem Speere den Hieb auf und schleudert
Ihm aus der Hand das Schwert, das blitzt weither aus den Büschen.
Dieser, als er des Schwerts, des Freundes, sich plötzlich beraubt
sieht,
635 Springt er ihm nach, doch Alphers Sohn mit rüstigen Schritten
Folgt ihm sogleich und ruft: „Wohin fliehst du? So nimm doch
den Schild hin!"
Sprach's und faßte den Speer mit beiden Händen zum Wurfe.
Jener stürzt und krachend bedeckt der gewaltige Schild ihn.
Sonder Verzug setzt fest ins Genick der Jüngling den Fuß ihm,
640 Stößt hinweg den Schild und heftet ihn fest an den Boden.
Jener verdreht die Augen und haucht in die Lüfte die Seele.
Patafried war der Sechste, den Hagens leibliche Schwester[1])
Einst dem Lichte geschenkt. Als den der Oheim gerüstet
Sieht vortreten zum Kampf, versucht er mit Mahnen und Bitten
645 Ihn noch zurückzuhalten und spricht: „Weh, Knabe, was sinnst du?

---

1) Der Oheim mütterlicherseits stand dem Neffen besonders nahe,
vgl. Tac. Germ. VIII, 5, herausg. von Zernial.

Sieh, wie der Tod entgegen dir grinst! Das Ende des Fadens
Spinnt schon die Parze; der Jugend Mut, mein Teurer, betrügt dich.
Halt doch ein, ganz ungleich bist du Walther an Kräften!"
Doch der Unselige ging, die Warnungen alle verachtend:
650 Denn zu erringen den Preis war des Jünglings heißestes Sehnen.
Seufzer entquollen der Brust des tief bekümmerten Hagen,
Und er ergoß in Klagen sich laut aus innerstem Herzen:
„Weh, Wahnwirbel der Welt, unersättlicher Hunger der Habsucht,
Gieriger Schlund des Geizes, du Wurzel jegliches Übels,
655 O daß du, Grausamer, allein hinunter doch würgtest
Schätze und alles Gold, und unsträflich ließest die Menschen!
Doch mit verwirrendem Geist entflammst du jetzt ihre Seelen.
Keinem genügt das Seinige mehr, und es bebet ihr Herz nicht,
Schändlichem Tod um schnöden Gewinn entgegen zu rennen.
660 Leider, je größer die Hab', um so heißer dürstet die Habgier:
Bald mit Gewalt nachtrachten dem Gut sie, bald auch in Diebsweis',
Und, was noch tiefere Seufzer erzwingt und Thränen entpresset,
Ihre unsterbliche Seel' heimgeben sie wieder der Hölle.
Weh, ich kann den geliebtesten Neffen zurücke nicht rufen,
665 Denn ganz hast du dich seiner, unbänd'ge Begierde, bemeistert!
Blindlings stürzet er hin, sich schmählichen Tod zu erkaufen,
Dränget um eitelen Preis sich hinab zum Reiche der Schatten!
Ach, was thust der Mutter du an, mein verlorener Neffe?
Wer wird trösten fortan, du Lieber, die eben Vermählte,
670 Der kein Sohn noch geschenkt zum Trost für gescheiterte Hoffnung?
Welch eine Wut erfaßt dich? Woher der rasende Wahnsinn?"[1])
Also ruft er und heiß in den Schoß ihm rinnen die Thränen.
„Schöner Knabe, leb' wohl!" so hört weithin man ihn seufzen.
Walther, obschon entfernt, gewahrt die Trauer des Freundes,
675 Und den klagenden Ruf zu ihm hintrugen die Lüfte.
Als den Recken er nun sieht kommen, spricht er ihn so an:
„Nimm den Rat eines Freundes, o edler, tapferer Jüngling,
Spare dich auf zu besserm Geschick, dich täuscht deine Keckheit:
Tot sieh hier der Helden so viel, ach, meide den Zweikampf,
680 Daß dein töblicher Fall nicht mehre die Zahl der Erschlagnen."
„Was", ruft jener zurück, „was, Grimmiger, kümmert mein Tod dich?

---

1) Wie läßt sich diese Betrachtung, welche dem geistlichen Ver=
fasser zuzuschreiben ist (vgl. 1. Tim. 6, 10. und Aen. III, 56 f.), abgesehen
vom Waltherliede, ganz besonders aus der nordischen Nibelungensage
erläutern?

Kämpfen allein liegt ob dir, und nicht Mahnreden zu halten!"
Sprach's und entsendet zugleich mit dem Wort die knorrige Lanze.
Aber der Held lenkt ab sie beiseit mit dem eigenen Speere,
685 Daß sie, getragen vom sausenden Schwung und des Wütenden
             Armkraft,
Bis in das Lager entfliegt und der Jungfrau zu Füßen sich ein=
    bohrt.
Und es bringt aus der Brust der Erschreckten ein weiblicher Angst=
    schrei;
Aber nachdem das zagende Herz Mut wieder gefunden,
Lugt sie sorglich heraus, ob ihr Held am Leben geblieben.
690 Nochmals mahnt der Edle den Franken vom Kampfe zu lassen,
Aber der zieht blind wütend das Schwert und stürzt ihm ent=
    gegen.
Da verstummt der Held und faßt den bewähreten Schild fest,
Aber er knirscht die Zähn' nach Art des schäumenden Ebers.
Jener schwinget den Stahl und legt zum tödlichen Streich sich
695 Weit mit der ganzen Wucht des Leibs vornüber, doch Walther
Duckt, vom Schilde gedeckt, sich plötzlich nieder, und siehe,
Von des leeren Streiches Gewalt zu Boden gerissen
Liegt der thörichte Jüngling da: aus war's, und vergebens
Sucht er noch einmal sich aufrichtend den Kampf zu erneuern.
700 Zitternd birgt er sich hinter dem Schild. Flugs dringt mit dem
    Schwerte
Alphers Sohn auf ihn ein, die Lanze hinter sich lassend,
Und zertrümmert den Schild mit gewaltigem Hieb in der Mitte,
Schneidet das Stahlhemd durch und legt ihm bloß das Geweide.
Patafried sinkt, der Unsel'ge, die klaffende Wunde beschauend,
705 Läßt seinen Leib des Waldes Getier und dem Orkus die Seele.
 Da trat Gerwich hervor und schwur, den Helden zu rächen.
Hoch auf mächtigem Roß überfliegt er den Haufen der Leichen,
Welcher den engen Pfad ihm verschloß. Und während noch Walther
Von des Gefallenen Rumpf das Haupt abschneidet, erscheint er
710 Plötzlich vor ihm und schleudert die doppelschneidige Streitaxt
(Solche, wie damals Gebrauch bei den Franken) mit Macht auf
    den Helden.
Aber mit schnellem Griff den Schild vorhaltend vereitelt
Walther den Wurf und ergreift rückspringend die trauteste Lanze;
Aber das blutige Schwert stößt tief er ins blühende Riedgras.
715 Kein Wort weiter erscholl zu der Zwiesprach mordlicher Waffen:

3*

So war jegliches Mut auf den blutigen Streit nur gerichtet,
Jener ergrimmt zu rächen mit Blut die gefallnen Gefährten,
Dieser bemüht mit ganzer Kraft zu verteib'gen das Leben
Und, wenn das Schicksal es gönnt, die Palme des Siegs zu er=
  ringen.
720 Ausfällt der eine, der andere weicht, der stößt und der wehret,
Und mit der Kunst stehn Mut und Kraft in streitbarem Bunde.
Doch der Langspeer treibt den mit kürzerer Waffe Bewehrten
Langsam zurück: da tummelt das Roß in Kreisen der Gegner,
Um den ermüdeten Mann durch listige Finten zu täuschen.
725 Aber der Held, zum Äußersten fort vom Zorne gerissen,
Packt ganz unten den Schild und hebt ihn empor und bohret
Tief, die Weichen hindurch, in die Hüfte das spitzige Eisen.
Und auf den Rücken stürzt der Getroffne mit furchtbarem Aufschrei,
Fluchend solchem Geschick, und zerwühlt mit den Fersen den Boden.
730 Aber auch ihm trennt Walther das Haupt vom Rumpf wie den
  andern —
Graf in den blühenden Gauen von Worms war Gerwich gewesen.

[V. 941—1061 des lat. Textes.] Jetzt begannen die Franken doch zu zaudern, und die noch übrigen baten Gunther, endlich den Kampf aufzugeben. Dieser aber war zum Äußersten getrieben. Jetzt handelte es sich um seine Ehre, er wollte lieber sterben, als ungerächt wieder von bannen ziehen, und dieser Forderung der kriegerischen Ehre mußten sich alle fügen. Walther hatte indessen, das Zögern bemerkend, Helm und Schild abgelegt, um etwas Kühlung zu finden. Da sprengte in plötz= lichem Überfall der riesige Randolf heran und schleuderte die Lanze auf Walthers unbeschildete Brust, aber der Ringpanzer, Wielands[1]) Meisterwerk, widerstand dem Wurfe. Schnell hatte Walther den Schild wieder gefaßt, aber den Helm konnte er nicht mehr aufsetzen, denn schon drang Randolf mit dem Schwerte auf ihn ein. Mit dem ersten Schlage schnitt er ihm zwei Haar= büschel ab, der zweite drang so tief in den Schild, daß er das Schwert nicht wieder herauszureißen vermochte. Blitzschnell sprang Walther mit einem mächtigen Satze zurück und wieder vorwärts und riß den Gegner so zu Boden. Und den Fuß ihm auf die Brust setzend, ließ er ihn die „Glatze" mit dem Kopfe büßen.

---

1) s. o. V. 188.

Jetzt trat Helmnot als neunter auf den Plan. Er führte einen spitzhakigen Dreizack[1]) an dreifach gedrehtem Seile. Dieses Seil sollten die Gefährten halten, während er den Dreizack schleuderte. Sobald derselbe in dem Schilde Walthers hafte, sollten alle mit voller Kraft anziehen, um ihn so zu Falle zu bringen. Helmnot zielte gut, und sausend fuhr die Waffe in den Schild. Die Franken jubelten, und Helmnot, Trogus aus Straßburg, Tanastus aus Speier und als Vierter Gunther selbst zogen am Seile, daß der Schweiß in Strömen floß. Sogar die Waffen hatten sie dazu abgelegt; aber Walther wich keinen Fuß breit. Da macht er ein kurzes Ende. Er läßt den Schild los, und ohne Schild und Helm stürzt er sich, wie er war, auf die Gegner. Ein gewaltiger Hieb spaltet Helmnot das Haupt bis auf die Brust; Trogus, der nächste, will, von Grauen erfaßt, zu seinen Waffen fliehen, aber er hat sich in das Seil verwickelt, und Walther ereilt ihn und trifft ihn in beide Waden, so daß er zusammenbricht. Walther ergreift sogleich des Trogus Schild, aber dieser hat einen gewaltigen Stein erfaßt, schleudert ihn gegen Walther und zerschmettert damit seinen eigenen Schild. Sein Schwert aber hatte Trogus wieder erlangt, und höhnend fordert er Walther heraus, da ihm nur der Zufall den Sieg bisher verschafft habe, sich nun auch das Schwert zu holen. Walther schlägt ihm die Rechte mit dem Schwerte ab, aber als er eben zum Todesstreich ausholen will, tritt Tanast schirmend mit seinem Schilde dazwischen. Grimmig kehrt nun Walther den Hieb gegen Tanast, trennt ihm den Arm von der Schulter und durchbohrt ihm mit dem nächsten Stoße den Leib. Ein letzter Seufzer entringt sich seiner Brust, und er stirbt. Trogus sieht es, und verschmähend, um Gnade zu flehen, reizt er Walther vielmehr mit höhnenden Worten zum Äußersten. Der springt endlich hinzu und tötet ihn schnell. So lagen denn alle Genossen erschlagen auf der blutigen Walstatt, übrig war nur noch Hagen und Gunther, der König selbst.

Dies anschauend erseufzt der unglückselige König,
Schwingt sich mit Hast aufs Roß und entfliegt zum trauernden
Hagen.
Flehend mit Bitten jeglicher Art bestürmt er den Lehnsmann,

---

1) Vermutlich ein kurzer Speer mit drei Widerhaken.

Daß er mit ihm erneure den Kampf, doch jener erwidert:
735 „Nein, meiner Ahnen schmachvoll Geschlecht verhindert am Streit
    mich,
Und mein frostig Geblüt hat den Kampfmut ganz mir erstarret;
Denn mein Vater — er war todbleich beim Anblick der Speere, —
Wich mit geschwätziger Red' stets aus den Kämpfen der Männer!
Da du also geprahlt vor deinen Genossen, o König,
740 Ist unwürdig so ganz mein Arm dir fürder zu dienen."

Aber den Zürnenden sucht mit erneutem Flehn zu begüt'gen
Gunther: „Laß ab doch vom Groll, ich beschwöre dich, sieh, bei
    den Göttern,
Schüttle den Ingrimm ab, den meine Schuld dir entzündet,
Reichlich will ich sie sühnen mit ungemessener Wohlthat,
745 Kehren wir lebend nach Hause zurück. Gebeut dir die Scham nicht,
Männlich zu rächen den Tod so vieler Freund' und Verwandten?
Worte verletzen, so scheint's, dich mehr als schreckliche Thaten.
Richtiger wär's, wenn den Haß dir entflammte der wilde Gewalt=
    mensch,
Welcher allein heut schmählich beschimpft den Herrscher der Welt
    hat.[1]
750 Schädiget hart uns schon der Verlust der gefallenen Edlen:
Diese Schmach wird Franken jedoch nie wieder verwinden.
Wer uns sonst schon gehaßt, der zischt nun höhnend die Worte:
„Sehet, ein einziger Mann, ein Fremder von Namen und Herkunft,
Schlug — o Schmach! — straflos der Franken sämtliche Heerkraft!"
755 Hagen zögerte noch; im Busen regt sich die Treue,
Welche er Walthern so oft gelobt, und den leidigen Hergang
Führt' er von Anbeginn noch einmal der Seele vorüber.
Heftiger aber bestürmt ihn der unglückselige König,
Und des jämmerlich flehenden Herrn verzweifelte Züge
760 Schauet er an und errötet und denkt der eigenen Ehre,
Wie doch des Ruhmes Kranz zu leicht nur könne ihm welken,
Wenn er, aus welchem Grund es auch sei, sich entzöge dem Handel.
Endlich läßt er vernehmen mit fester Stimme die Antwort:
„Wohin rufst du mich, Herr? Wohin, erlauchter Gebieter,
765 Soll ich dir folgen? Unmögliches schier gebietet die Treue.
Gab es je so thörichten Mann, der willig ins Grab springt?

---

1) Gunther erscheint also wohl dem Verfasser als ein Frankenkönig wie Karl und Otto der Große.

Denn das weiß ich, in jenem Geheg und befestigten Standort
Spottet Walther jeglicher Schar, als neckt' ihn ein Wichtlein.
Hätte auch Franken gesandt all seine Reiter und Fußvolk,
770 Wahrlich es wär' ihnen anders nicht als diesen ergangen.
Aber ich seh', wie am Herzen die Scham dir schmerzlicher frißt noch,
Als der Verlust der Mannen und nichts vom Beginnen dich ab=
bringt,
Und es weicht der eigene Schmerz der Ehre des Königs.
Ja, ich bekenne dir frei, selbst den Neffen, den teuren, zu rächen
775 Bräch' ich nimmer, o Herr, die zugeschworene Treue;
Nur für dich, o Gebieter, begeb' ich in solche Gefahr mich.
Sieh, ich versuch's, einen Weg zu Heil und Rettung zu finden,
Der sich nimmer uns beut, wenn nicht wir selbst ihn erzwingen.
Wisse denn, nichts auf der Welt kann hier zum Kampf mich be=
wegen:
780 Laß uns weichen von hier und Raum ihm geben zum Aufbruch;
Dort in der Höhle verborgen laß Futter uns streuen den Rossen,
Bis er, fern uns wähnend, verläßt das sichere Lager.
Aber sobald wir ihn sehen im offenen Felde erscheinen,
Brechen wir vor und greifen ihn an, den Erstaunten, im Rücken.
785 Also gelingt es vielleicht, noch ein tapferes Werk zu verrichten:
Dann, Herr, kannst du kämpfen, wenn sonst nach Kampf dich ge=
lüstet!
Denn vor uns beiden gewiß wird nimmer die Flucht er ergreifen,
Wir aber sind gezwungen zu fliehn, oder ernstlich zu fechten."
Hoch belobet den Rat der Fürst und umarmet den Lehnsmann,
790 Sänftigt ihn ganz mit dem Kuß,[1]) und sogleich verlassen den Platz sie,
Spähen zum Hinterhalt sich den bestgesicherten Ort aus,
Steigen ab und pflöcken im üppigen Grase die Rosse.

Wie Walther mit Gunther und Hagen kämpfte.

Phöbus indes schon neigte sich hin zu den westlichen Küsten.
Schimmernd künden ihn noch die letzten Spuren in Thule;[2])
795 Hinter sich läßt mit den Skotengeschlechtern er auch die Iberer,
Und nachdem er allmählich erwärmt die rauschende Meerflut,
Sendet die letzten Strahlen er noch in Ausoniens Gefilde.

---

1) Eine Auszeichnung, weil der Kuß nur Gleichstehenden zukam.
2) Insel im äußersten Norden nach antiker Vorstellung.

Da nun begann der verständige Held bei sich zu erwägen,
Ob in der sicheren Burg er während der nächtlichen Stille
800 Bleib', oder sich vertrau' den öden Pfaden des Blachfelds.
Hagen war ihm verdächtig und Kuß[1]) und Umarmung des Königs.
Zweifel bewegte sein Herz, was der Feind im Schilde wohl führe:
Ob sie nächtlicher Weil' zur Stadt entreiten und mehr noch
Kampfgenossen entbieten, den schmählichen Kampf zu erneuern,
805 Oder ob sie allein auf der Lauer liegen verborgen?
Aber ihn macht auch besorgt des Waldes verschlungener Irrpfad,
Daß er in Dickicht und wildem Geklüft die Jungfrau verliere,
Oder sie gar des Waldes Getier zur Beute verfalle.
All das sorgliches Muts erwägend spricht er entschlossen:
810 „Komme nun, was es auch sei, hier werd' ich rastend verharren,
Bis die kreisende Sonn' uns zurück den lieblichen Tag bringt,
Daß der König nicht prahle, der stolze, ich sei aus dem Lande
Feig wie ein Dieb entflohn, bei Nacht und Nebel entronnen."
Sprach's und verfestigt drauf mit Verhack aus Dornen und Strauch=
werk
815 Vor sich den engen Pfad; dann wendet er sich zu den Leichen,
Füget jeglichem Rumpf mit Seufzen wieder das Haupt an,
Und nach Osten gekehrt das Antlitz, knieend zur Erde,
Spricht, mit dem nackten Schwert in der Hand, er Gebete zur
Sühne:[2])
„Schöpfer der Welt, der alles zugleich erhält und regieret,
820 Dir, ohn' dessen Geheiß und Willen nichts kann geschehen,
Dir sag' ich Dank, Allvater, daß du mich gnädig bewahrt hast
Vor der wütenden Feinde Geschoß und vor schnöder Beschimpfung.
Herr, Allgüt'ger, ich flehe dich an mit zerknirschtem Gemüte,
Der du die Sünde nur willst, doch nicht die Sünder vernichten,
825 Laß die Toten hier einst am Himmelssitze mich schauen!"
Also betet der Held; dann koppelt die Rosse der Toten
Er mit Ruten zusammen nach Brauch; sechs waren noch übrig,
Zwei erlagen dem Kampf, drei führte Gunther von bannen.

---

1) s. S. 39 Anm. 1.
2) Hier mischen sich heidnisch=germanische und christliche Vorstellungen. Das Gebet ist von christlichem Gefühl eingegeben, das Wiederanfügen der Häupter und das Darüberhalten des entblößten Schwertes ist die heid= nische Totenweihe, welche den Gefallenen den Eingang in Walhall öffnet. Auch die Hoffnung Walthers, sie im Himmel wiederzusehen, ist Anklang an die Vorstellungen von den unblutigen Kämpfen in Walhall.

Jetzt entstrickt er die Rüstung und ledigt den dampfenden Körper
830 Endlich der wuchtigen Last und erquickt die ermüdeten Glieder,
Greift zum Imbiß und tröstet die Braut mit heiterem Worte.
Dann auf den Schild gestreckt heißt den ersten Schlaf er bewachen
Hiltgund die Maid; der Morgenwacht wollt' selber er pflegen,
Da sie bedrohlicher sei, und endlich sinkt er in Schlummer.
835 Hiltgund saß nach gewohnter Art ihm zu Häupten und wachte
Und verscheucht' mit Gesang den Schlaf von den trunkenen Augen.
Aber gar bald unterbrach schon die erste Ruhe der Jüngling,
Sonder Verzug sich erhebend, und hieß nun schlummern die Jung=
frau,
Während gestützt auf den Speer[1]) der Unverdrossene Wacht hielt.
840 So vollbringt er die Neige der Nacht, sieht bald nach den Rossen
Achtsam, nähert sich bald scharf lauschend des Ortes Umwallung
Und wünscht sehnlich herbei der Erde Licht und Gestaltung.

Lucifer stieg empor am Olymp, der leuchtende Herold,[2])
Hell schon im Strahle der Sonn' glänzt Thaprobane,[3]) die Insel:
845 Da war die Stunde, wo kühl die Erde betauet der Ostftern.

Zu den Erschlagenen tritt der Jüngling, die Beute zu nehmen:
Schwert und Gehenk samt Spangen und Schmuck und Panzer und
Helme
Zog den Gefällten er ab, doch ließ er Kleid und Gewandung.[4])
Vier der Rosse belud er damit und hob auf das fünfte
850 Hiltgund die Maid und schwang sich selber behend auf das sechste.
Selber dann brach er zuerst aus dem weggeräumten Verhack vor.
Mühsam ringt er sich durch auf des Waldpfads enger Beschränkung.
Späht mit klarem Auge nach allen Seiten mit Vorsicht,
Lauschet mit hochgespanntem Ohr auf jeglichen Lufthauch,
855 Ob er nicht dumpfes Gemurmel noch Tritte von Gehenden höre,
Oder den Zügelklang vernehme der kommenden Feinde,
Oder den Hufschlag auch von eisenbeschlagenen Rossen.
Tiefe Stille jedoch ringsum! — Da treibt die beladnen
Ross' er hervor und heißt auf dem Fuß ihm folgen die Jungfrau;

---

1) Beachte das Bild des wachenden und des ruhenden Helden.
2) d. h. der Morgenstern stieg am Himmel empor als Verkünder der Sonne.
3) Ceylon.
4) Die Beraubung der Toten ist auch noch in der ritterlichen Zeit rechtlicher Brauch (réroup). Als Beutestücke gelten Roß und Rüstung und Kostbarkeiten. Vgl. Hildebrandlied V. 62. 63.

860 Und in gewohnter Weise, das Roß mit den Schreinen am Zügel,
Wagt er fortzusetzen den Weg, den gefährlichen, kühnlich.
Tausend Schritt kaum sind sie entfernt, da, hinter sich blickend,
— Zittern und Zagen erfüllte das Herz der geängsteten Jung=
frau —
Schaut sie zwei Männer vom Hügel herab herstürmen im Rücken.
865 Todbleich ruft dem Geliebten sie zu, der hinter ihr folgte:
„Weh, nun nahet das End', o Herr, sie kommen, entfliehe!"
Schnell kehrt Walther sich um und spricht, erkennend die Feinde:
„Eitel, daß meine Hand so viele Feinde zerschmettert;
Fehlt dem Ende der Preis, so endet das Ganze mit Unpreis!
870 Besser gewiß, einen würdigen Tod im Kampfe zu suchen,
Als geplündert an Hab' und Gut von dannen zu reiten!
Aber so ganz verzweifelt noch nicht an Hülf' und Errettung,
Wer einmal schon größrer Gefahr ins Auge geschaut hat.
Du nimm jetzt den Zügel mir ab des Leun,[1]) der das Gold trägt,
875 Und dort birg dich geschwind in dem nahe gelegnen Gehölze.
Ich aber will einen Stand mir erkiesen am Hange des Hügels,
Harrend der kommenden Ding' und mannlich die Nahenden grüßen."
Und es gehorcht dem Befehl des Gebieters die liebliche Jungfrau.
Dieser befestigt den Schild und schüttelt den Speer und erprobet,
880 Wie sich das neubestiegene Roß unter Waffen benehme.
Her im Geleite des Lehnsmanns stürmt der König, und rasend
Ruft er den Harrenden an von fern hochfahrendes Tones:
„Endlich bist du betrogen, du Grimmer, denn siehe, das Schlupfloch
Schützt dich nicht mehr, aus dem du hervor wie ein wütiger
Wolfshund,
885 Fletschend den gierigen Zahn, uns anzubellen gewohnt warst.
Jetzt, wenn du willst, im offenen Feld ist Streit dir geboten;
Prüf', ob dem Anfang gleich auch das Ende das Schicksal gestaltet!
Wahrlich, ich weiß es, du hast um Lohn das Glück dir gedungen
Und verschmähest darum, gleichwie die Flucht, die Ergebung."
890 Aber verächtlich schwieg Held Walther zur Rede des Königs
Wie ein Tauber; zum andern jedoch erhebt er die Rede:
„Hagen, an dich sei gerichtet das Wort, verziehe ein wenig!
Was doch, sag', hat so schnell den treuen Freund mir verwandelt?
Der beim Abschied jüngst sich kaum entriß der Umarmung
895 Thränendes Augs, rennt jetzt mich an mit feindlichen Waffen

---

1) s. V. 243.

Ganz aus freiem Entschluß, von keiner Kränkung betroffen?
Ja, ich bekenn's, einst hofft' ich auf dich — nun bin ich betrogen!
Käm' dir, so dacht' ich, die Kunde, daß heim ich kehrt' aus der Fremde,
Eiltest du mir alsbald entgegen mit freudigem Gruße,
900 Würdest am gastlichen Herd mir die müden Glieder erquicken
Und in des Vaters Reich den Freund in Frieden geleiten.
Ach, ich sagt' es oft auf der Fahrt durch fremde Gebiete:
Lebt nur Hagen mir noch, so fürcht' ich keinen der Franken.
Freund, ich beschwör' dich, denke der Zeit, wo in trauter Gemeinschaft
905 Wir als Knaben der Spiele gepflegt, in den Jahren der Kindheit,
Gleiches Sinns und gleich an Übung; war's mir doch immer,
Wenn ich dein Antlitz sah, als vergäß' ich Vater und Heimat.
Warum reißt aus der Brust du die oft beschworene Treue?
Laß, ich flehe dich an, von dem Frevel, o laß von dem Kampfe,
910 Unzertrennlich sei durch alle Zeiten der Blutbund!
Willigst du ein, so geleitet schon jetzt dich Ehre und Preis heim,
Und mit rotem Gold bis zum Rande füll' ich den Schild dir."[1])

Hagen dagegen erhub mit finsterer Miene die Stimme:
„Erst verübst du blut'ge Gewalt und redest dann listig,
915 Walther! Die Treu' brachst du; denn sahest du mich nicht zugegen,
Als du erschlugst der Genossen so viel, selbst meine Verwandten?
Nimmer kannst du's entschuld'gen, denn war mein Antlitz verdeckt auch,
Waffen und Haltung kanntest du doch des vertrauten Gesellen.
Alles ertrüg' ich jedoch, wär' nur ein Schmerz mir ersparet:
920 Niedergemäht hat mir dein Schwert die rosige Blume,
Ach die süße, so jung: nun veracht' ich jegliches Sühngeld,
Will erfahren, ob du nur allein in Waffen den Preis hast,
Fordre von deiner Hand den erschlagenen Neffen zur Stunde.
Auf denn, so will auch ich den Tod oder Preis mir erjagen!"
925 Sprach's und sprang mit gewaltigem Schwung vom Rücken des Rosses,
Gunther zugleich, und lässiger nicht sprang Walther zur Erde.
Jeglicher stand zum Fußkampf bereit, vor dem kommenden Wurfspieß
Sorglich geduckt, und die krieg'rische Faust zuckt unter dem Schilde.

---

[1] Walther bietet hier ein „Wergeld" für den erschlagenen Neffen Hagens. Reiche Goldgeschenke in Schilden zuzumessen, ist altgermanischer Brauch. Vgl. Nib. 1962 u. ö.

Früh um die zweite Stund', da standen die drei sich entgegen,
930 Zwei gegen einen allein die feindlichen Waffen gerichtet.
Hagen brach den Frieden zuerst; mit mächtigem Schwunge
Schleudert er, all seine Kraft aufbietend, die tückische Lanze.
Sausend fliegt sie daher im schrecklichen Wirbel, doch Walther,
Schnell erkennend, daß nimmer die Wucht er könne bestehen,
935 Lenkt sie geschickt abseits mit dem schräg gehaltenen Schilde.
Da, wie den Schild sie berührt, gleichwie von geglättetem Marmor
Gleitet sie ab und fährt in den Berg und wühlt in den Sand sich
Bis an den Nagel hinein. Ihm nach, mit mutigem Sinn zwar,
Aber mit mäßiger Kraft entschleudert die eschene Lanze
940 Gunther, der stolze: sie hing hinflatternd im untersten Schildrand
Walthers, der schüttelt' den Schild, da fiel das schwächliche Eisen
Machtlos aus dem verwundeten Holz. Betroffenes Mutes
Griffen die Franken zum Schwert: ihr Schmerz ist gewandelt in
Zornwut.
Aber mit grimmigem Blick und der Speerkraft schreckte sie Walther.
945 Da ersann sich Gunther, der König, ein thörichtes Stücklein.
Heimlich wollt' er die Lanze, die machtlos zur Erde gefallen,
Schleichend just wie ein Dieb vor den Füßen des Recken erhaschen,
Denn sie konnten ihm nimmer mit kurzen Schwertern zu Leibe.
Also winkt' mit dem Aug' er dem Lehnsmann zu schärferem Angriff,
950 Hoffend, daß er gedeckt von ihm den Handel vollführe.
Vorwärts ohne Verzug bringt Hagen, reizend den Gegner;
Aber der König, bergend sogleich in der Scheide die Klinge,
Macht die Rechte sich frei zum Diebsgriff, strecket die Hand aus,
Hält den Speer schon gefaßt, noch mehr vom Glücke begehrend:
955 Da merkt Walther, allzeit vorsichtig, des Königs Gebahren.
Rückwärts stößt mit gewaltigem Sprung er den stürmenden Hagen,
Tritt mit wuchtigem Fuß auf die schon entwendete Lanze,
Daß dem ertappten König vor Schrecken wanken die Kniee.
Und schon schwingt er den Speer und hätt' ihn zum Orkus gesendet,
960 Wäre nicht Hagen herbeigeeilt und hätte den Lehnsherrn
Mit dem eigenen Schilde geschirmt und flugs einen Schwertstreich
Gegen des Feindes Haupt, der Waffengewalt'ge, geführet.
Während Walther den Hieb abwehrt, erhebet sich jener;
Kaum entronnen dem Tod steht bleich er, zitternd vor Schrecken.
965 Aber nicht Rast noch Verzug! — Es erneut der erbitterte Kampf sich,
Beide zugleich bald rennen den Mann, bald jeder allein an.
Also steht der numidische Bär, wenn grimm er gehetzt wird,

Unter der Meute der Hund' und schreckt mit den Tatzen zurück sie,
Duckt das Haupt mit dumpfem Gebrumm, und in grauser Um-
armung
970 Winseln elend die Rüden, die allzu keck sich ihm nahten.
Rund um ihn her dann bellen ihn an die reißenden Doggen,
Und es bannt sie die Furcht, zu packen das grimmige Untier.
Also schon in die neunte Stund' hinwoget der Dreikampf.
Dreifache Qual verzehrte das Mark der erbitterten Streiter:
975 Todes Schrecken, die Last des Kampfs und die glühende Sonne.

Da beschlich in schweigender Brust der Gedanke den Helden:
„Beut nicht das Glück einen Ausweg noch, so werden mich jene
Listig mit Scheingefecht ermüden und endlich bewält'gen."
Drum zu Hagen gewandt erhebt er vernehmlich die Stimme:
980 „Hagdorn he, du verhüllst dich in Laub, um sichrer zu stechen,
Suchest scherzend mit tanzendem Sprung mich listig zu täuschen,
Aber ich schaff's, daß mir näher zu gehn du länger nicht zauderst,
Wahrlich, ich hab' es nun satt, so schwer mich zu mühen vergeblich!"
Sprach's und schleudert' den Speer auf jenen mit mächtigem Anlauf.
985 Der durchbohrt ihm den Schild und reißt vom Panzer ein Stück weg,
Doch den gewaltigen Leib nur streift er, so stark war die Rüstung.
Aber zugleich mit dem Wurfe des Speers zieht Walther die Klinge,
Stürmt in gewaltigem Lauf höchst ungelegen auf Gunther,
Reißt ihm den Schild von der Seit' und führt so preislichen
Schwertschlag,
990 Daß er das Bein mit dem Knie bis zur Hüfte gänzlich ihm ab-
schlägt.
Nieder zu Füßen ihm stürzt der Verwundete über den Schild hin,
Und mit Entsetzen erbleicht bei dem Fall des Gebieters der Lehns-
mann.
Wieder erhebt drauf Alphers Sohn die blutige Waffe,
Mit dem zweiten Schlag ihm die Todeswunde zu spenden.
995 Da wirft Hagen, nicht achtend den Schmerz und das eigene Leben,
Mutig sein Haupt entgegen dem Hieb, um den König zu schützen.
Und nicht konnte der Held die erhobene Rechte mehr hemmen,
Aber der Helm, von trefflichster Art und zu gut schon bewähret,
Trotzet dem Schlag und sprühet umher weit blitzende Funken,
1000 Und erschreckt von der Härte des Stahls barst klirrend die Klinge.
Schwirrend schimmern in Luft und Busch — o Jammer! — die
Splitter.
Als ihm so zerbrochen die Wehr, spürt grimmigen Zorn er,

Schleudert seiner nicht mächtig den Griff, der Klinge beraubet,
Weit von sich weg mit Verachtung, so teuere Kunst ihn auch zierte.
1005 Doch wie die Hand zum Wurf er unvorsichtig emporstreckt,
Haut sie Hagen ihm ab, frohlockend der glücklichen Wunde.
Mitten fällt im Schwunge zur Erd' die tapfere Rechte,
Sie, die so furchtbar einst so vielen Fürsten und Völkern,
Sie, die so oft erstrahlt in unzählbaren Trophäen.
1010 Aber als linker Mann auch lernt der Tapfre die Flucht nicht.
Nieder kämpft er den Schmerz, und keine Miene verziehend
Schiebt er starkes Geistes den blutigen Stumpf in das Schildband.
Mit der gesunden Hand entreißt er der Scheide das Halbschwert,
Das an die rechte Seit' er gegürtet, wie früher erzählt ward.
1015 Gegen den Feind nun stürzt er, sich grimmige Rache zu nehmen.
Jach in das rechte Aug' trifft Hagen der hunnische Säbel,
Stirn und Wange und Lippe zugleich aufschlitzend und mehr noch:
Zweimal drei Backzähn' entrollen dem blutigen Kiefer.
Als nun solches vollbracht, da schied sich endlich das Streiten.
1020 Jeden mahnt seine Wund' und höchste Erschöpfung, die Waffen
Abzulegen: denn wer mocht' ungeschädiget bleiben,
Wo im Wetter des Streits zwei gleich hochherzige Helden,
Ebenbürtig an Kraft wie an feurigem Mute, gestanden?

Wie sie Sühne tranken.

Als es zum Ende nun kam, trug jeder die Zeichen des Kampfes:
1025 Hier lag Gunthers Bein, des Königs, dorten die Rechte
Walthers, und wiederum dort Held Hagens zuckendes Auge.[1]
So — so teilten sie unter einander die hunnischen Spangen!
Nieder saßen die zwei — der Dritte lag — und mit Blumen
Suchten sie jetzt den Strom des rinnenden Blutes zu tilgen.
1030 Aber Alphers Erzeugter berief die zagende Jungfrau,
Und sie gehorcht' und kam und legte Verband um die Wunden.
Drauf der Verlobte: „Nun misch' uns den Wein und reich' ihn
zuerst hin

---

[1] Man hat diese Verwundungen für Erfindungen Ekkehards gehalten, da z. B. im Nibelungenliede nichts davon bekannt ist, aber dagegen spricht der urwüchsige Schlußakt des Ganzen, der gerade diese Verstümmelungen zur Voraussetzung hat. Heinzel (über die Walthersage, Wien, Tempsky 1888) nimmt an, daß das alte deutsche Gedicht durch diese Scenen im 10. Jahrh. erweitert sei, weil dieselben ganz dem Charakter der Zeit entsprächen.

Hagen, er ist der wackerste Kämp', wenn die Treu' er bewahret;
Dann reich' mir ihn her, der mehr als die andern gelitten;
1035 Gunther soll ihn zuletzt bekommen, weil schwach er und lässig
Sich in dem Waffenkampf hochherziger Männer gezeigt hat."
Herrichs Tochter befolgt' in Gehorsam treulich die Weisung.
Aber der Frank' entgegnet, wie heiß er auch lechzt nach dem Lab=
trunk:
„Walther, deinem Verlobten und Herrn, gebühret der Vorrang,
1040 Jungfrau, weil, ich bekenn's, er tapfrer als ich sich erwiesen,
Braver als ich und alle, die sich des Kampfs unterfingen."
Also geschah's, und Walther, der Held, und der bornige Hagen,
Frisch an Geist, ob müd auch der Leib, und gänzlich ermattet
Nach dem Waffengetös und so manchem sausenden Schwertschlag —
1045 Heiter ergehn sie sich jetzt bei dem Becher in scherzendem Wortkampf:
„Fürder magst du, o Freund", spricht Hagen, „jagen die Hirsche,
Handschuh dir von den Fellen zu schaffen, soviel du nur wünschest,
Aber ich rat', stopf' aus mit zarter Wolle den rechten,
Manchen Unkundigen trügst du vielleicht mit dem wolligen Balge!
1050 Weh, auch mußt du fortan dem Brauch der Völker entgegen
Um die rechte Hüfte dir gürten das mächtige Schlachtschwert,
Und dein Weib, wenn einst dich ergreift ein süßes Verlangen,
Drückst mit der Linken du ans Herz in verkehrter Umarmung.
Alles mußt du nun linkisch thun!" Da erwidert' ihm Walther:
1055 „Unbedacht dünkt mich die üppige Rede, du Einaug', Sikamber![1])
Jag' ich den Hirsch, so wirst du nimmer den Eber doch schmecken,[2])
Wirst auf die Diener fortan die Augen schielend nur richten
Und mit querem Blick Gruß bieten den Reihen der Helden.
Aber, der alten Treue gedenk, nun rat' ich als Freund dir:
1060 Wenn du nach Hause gekehrt und genaht dem heimischen Herde,
Koch dir ein Breichen von Milch und Mehl mit Speck zur Er=
quickung,
Zahnlosen giebt's die geeignete Kost und Kraft in die Knochen!"
Sprach's, und beid' erneuern den doppelt bekräftigten[3]) Blutbund,
Heben den König sodann — ihn schmerzt' unmaßen die Wunde —
1065 Sanft aufs Roß und kehren alsbald nach verschiedenen Seiten,

---

1) Sicamber, „gelehrte Bezeichnung der Franken, die aber eigent=
lich nur für den Unterrhein paßt." (J. Grimm.)
2) Auf Oberfleisch muß der Zahnlose verzichten.
3) Zuerst durch das Minnetrinken von früher und dann durch die
gegenseitige Verwundung.

Hier die Franken gen Worms, der Aquitaner zur Heimat.
Freudig wird er begrüßt und mit hohen Ehren empfangen,
Bald auch wird nach festlichem Brauch Hiltgund ihm vermählet,
Und von allen geliebt regiert nach dem Tode des Vaters
1070 Walther noch dreißig Jahre das Volk, beglückt und gesegnet.
Sieg und Ruhm noch errang der Held in gewaltigen Kämpfen —
Aber die Feder ist stumpf und versagt den Dienst — und so schweig ich.
Leser, wer du auch seist, leih' Nachsicht dem Sang der Cicade,
Nicht die noch heisere Stimm', ihr Alter nur billig erwäge,
1075 Wie sie, noch nicht dem Nest entflohn, dem Höchsten schon nach= strebt.
Also singt von Walther das Lied.¹) — Uns segene Jesus.

---

1) Dieser übliche Schluß deutscher Volksepen wird im Original etwa gelautet haben: „Das ist das Lied von Walther", wie im Nibe= lungenliede ditze ist der Nibelunge nôt oder in einer andern Handschrift ditze ist der Nibelunge liet. Ihm folgt noch die geistliche Schlußformel.

Über den Wasgenstein

und die Örtlichkeit der geschilderten Kämpfe finden sich in der Walthari-Ausgabe von Scheffel und Holder folgende Angaben.

Das im Waltharius freudig geschilderte vogesische Gebirg, dessen Name silva Vosagus schon auf der Peutingerschen Tafel erscheint, war eine silva regalis, der Frankenkönige Bannforst und Jagdgrund. In der schattendunkeln Wildnis dieser Hoch=
wälder hauste jagdbares Wild, das der Weidmann unserer Tage vergebens aufsucht. Venantius Fortunatus erwähnt, wie es hallte und schallte, wenn des Vosagus Edelhirsche, Elche und Bären den Pfeiltod fanden; und Gregor von Tours erzählt, wie der König Gunthram mit grausamer Eifersucht darob wachte, daß niemand dort den wilden bubalus (ûr oder wisent des Nibe=
lungenliedes) jage, denn er selber.

Der Name Vosagus, später Uosecus, Wasagus, Wasego, verwandelte sich in das deutsche Wasigen, Wassichen, und vom Bergzug auf den ganzen Bezirk übertragen, Wasgau, französisch les Vosges.

Wo ist nun dieses Wasgenwaldes feste Felsenburg Wasgen=
stein zu suchen?

Der richtige Wasgenstein ist mit Uhland (der ihn selbst aufsuchte) eine halbe Stunde nördlich von dem an der großen Straße von Weißenburg nach Bitsch gelegenen Dorf Nieder=
steinbach zu suchen und zu finden. Unweit zieht die ehemalige Grenze zwischen der Rheinpfalz, dem Elsaß und Lothringen. Die Burg stand auf französischem Boden, der ehemaligen Bitscher Grenzmark, in verborgener Waldschlucht versteckt, und doch einst die Straße durch das Steinbacher Thal nach Bitsch oder Weißen=
burg beherrschend, ein echtes Vogesennest, halb in den roten Sandstein eingehöhlt, halb denselben durch kühnes Gemäuer übertürmend. Die Aussicht ist beschränkt, ringsum wildes Hoch=
waldthal, Felskuppen — ferne etliche Häuser von Obersteinbach.

Heimlich und bergwaldstill am Fuß des eigentlichen Burg=
felsens ist der Vorhof, nach zwei Seiten von abgeschroteten
Felswänden umfaßt, deren eine die unter durchsickerndem Wasser
tief eingehauene Cisterne und Spuren von Trögen in sich birgt.
Den Zwischenraum zwischen der Felscisterne und dem Burgfelsen
füllt zur Hälfte ein von hohen Buchen überwölbter Lagerplatz,
zur Hälfte der sogenannte Weiher, ein mächtiger, in den Fels=
boden eingetiefter Geviertraum, als Regensammler wohl zur
Tränke der Pferde bestimmt, jetzt verschlammt und feucht, von
Gräsern und Bitterklee umwuchert (vgl. V. 333 unseres Textes).

Der Burgfelsen ist durch einen tiefen Spalt, oder besser
durch einen schauerlichen Abgrund in zwei Teile geschieden, von
welchen der östliche den südlichen überragt. Auf diesen Felsen
steht, wie aus einem Gusse mit ihnen, die Burg, welche eigent=
lich aus zwei eben durch diesen Spalt getrennten Burgen bestand,
der östlichen oder Oberwasenstein und der südlichen oder Nieder=
wasenstein.

Als der Waltharius geschrieben ward, war der jetzige Bau,
dessen imponierende Trümmer der Besucher nicht ohne Schwindel
erklettert, nicht erbaut. Der hochragende Turm, zu dem man
an dem vorderen Felsen auf kühn eingehauener Treppe empor=
steigt, zeigt eine Architektur etwa aus hohenstaufischer Zeit. Aber
die in den Sandstein eingehauenen Gemächer und Schlupfgänge
deuten auf viel älteren Ursprung, und die charakteristische Schlucht,
welche den Felsklotz spaltet, muß derjenige, welcher die Verse

sunt in secessu bini montesque propinqui,
inter quos, licet angustum, specus extat amoenum,
non tellure cava factum sed vertice rupum.
Apta quidem statio latronibus ille cruentis
Angulus hic virides ac vescas gesserat herbas.

(s. V. 329—333 unseres Textes) verfaßt hat, wohl mit eigenen
Augen gesehen haben, denn eine mit der Natur so genau über=
einstimmende Schilderung läßt sich nicht erfinden.[1]

---

[1] Dies bestreitet jedoch Heinzel (über die Walthersage, Wien,
Tempsky 1888), indem er darauf hinweist, daß der Dichter, wenn er den
Wasgenstein gesehen hätte, die Franken nicht hätte zu Pferde angreifen
lassen. Auch die Befürchtung Walthers (V. 803), daß Hagen und Gunther
während der Nacht nach Worms reiten könnten, um neue Kämpfer zu
holen, spreche nicht für Ortskenntnis des Dichters.

Probe des lateinischen Textes.
[Vgl. v. 1—33.]

Tertia pars orbis, fratres, Europa vocatur,
Moribus ac linguis varias et nomine gentes
Distinguens cultu, tum relligione sequestrans,
Inter quas gens Pannoniae residere probatur,
Quam tamen et Hunos plerumque vocare solemus.
Hic populus fortis virtute vigebat et armis,
Non circum positas solum domitans regiones,
Littoris Oceani sed pertransiverat oras,
Foedera supplicibus donans sternensque rebelles.
Ultra millenos fertur dominarier annos.
Attila rex quodam tulit illud tempore regnum,
Impiger antiquos sibimet renovare triumphos,
Qui sua castra movens mandavit visere Francos,
Quorum rex Gibicho solio pollebat in alto,
Prole recens orta gaudens, quam postea narro:
Namque marem genuit, quem Guntharium vocitavit.
Fama volans pavidi regis transverberat aures,
Dicens hostilem cuneum transire per Histrum,
Vincentem numero stellas atque amnis arenas.
Qui, non confidens armis et robore plebis,
Concilium cogit, quae sint facienda requirit.
Consensere omnes: foedus debere precari,
Et dextras, si forte darent, conjungere dextris
Obsidibusque datis censum persolvere jussum;
Hoc melius fore, quam vitam simul ac regionem
Perdiderint, natosque suos pariterque maritas.
Nobilis hoc Hagano fuerat sub tempore tyro,
Indolis egregiae, veniens de germine Trojae;
Hunc, quia Guntharius nondum pervenit ad aevum,

Ut sine matre queat vitam retinere tenellam,
Cum gaza ingenti decernunt mittere regi.
Nec mora; legati censum juvenemque ferentes
Deveniunt, pacemque rogant ac foedera firmant.'

[Vgl. v. 364—391.]

Et procul aspiciens Hiltgunt de vertice montis
Pulvere sublato venientes sensit, et ipsum
Waltharium placido tactu vigilare monebat.
Qui caput attollens scrutatur, si quis adiret?
Eminus illa refert quandam volitare phalangem.
Ipse oculos tersos somni glaucomate purgans
Paulatim rigidos ferro vestiverat artus,
Atque gravem rursus parmam collegit et hastam,
Et saliens vacuas ferro transverberat auras:
Et celer ad pugnam telis praelusit amaram.
Cominus ecce coruscantes mulier videt hastas,
Ac stupefacta nimis „Hunos hic", inquit „habemus".
In terramque cadens effatur talia tristis:
‚Obsecro, mi senior, gladio mea colla secentur,
Ut, quae non merui pacto thalamo sociari,
Nullius alterius patiar consortia carnis.'
Tum juvenis ‚cruor innocuus me tinxerit?' inquit
‚Aut quo forte modo gladius potis est inimicos
Sternere, tam fidae si nunc non parcit amicae?
Absit quod rogitas, mentis depone pavorem.
Qui me de variis eduxit saepe periclis,
Hic valet hic hostes, credo, confundere nostros.'
Haec ait, atque oculos tollens effatur ad ipsam:
‚Non assunt Avares hic, sed Franci Nebulones,
Cultores regionis', et en, galeam Haganonis
Aspicit et noscens injunxit talia ridens:
‚Et meus hic socius Hagano collega veternus.'
Hoc heros dicto introitum stationis adibat,
Inferius stanti praedicens sic mulieri:
‚Hac coram porta verbum modo jacto superbum:
Hinc nullus rediens uxori dicere Francus
Praesumet, se impune gazae quid tollere tantae!'

III.
Die Merseburger Zaubersprüche.

Die beiden unter diesem Titel bekannten, in der Merseburger Dombibliothek gefundenen Besprechungsformeln sind die einzigen Überreste aus heidnischer Zeit, denen christlicher Einfluß und christliche Umgestaltung fern geblieben sind.

Der erste Spruch soll die Lösung eines Kriegsgefangenen von seinen Fesseln bewirken. „Er führt in den drei ersten Versen in episch erzählender Weise den Fall vor, wo unmittelbar durch göttliche Mächte die Wirkung hervorgerufen wurde, die der Zaubernde in seinem Falle wünscht. In der Schlußzeile nimmt er ihnen gleichsam das wirksame Wort aus dem Munde, um es für sich anzuwenden und damit dieselbe Wirkung zu erreichen." (Müllenhoff.) Ebenso verfährt der zweite Spruch in Bezug auf die Heilung eines Pferdes von einer Fußverrenkung. Die wirksamen göttlichen Mächte sind im ersten die ‚Idisi', göttliche Frauen, dieselben Wesen, welche unter dem Namen Wälküren (altnordisch valkyrjar) bekannt sind. Ihre Thätigkeit entspricht der Teilnahme der altgermanischen Weiber an der Schlacht. Eine Schlacht bildet die Situation. Zwei kämpfende Heere stehen sich gegenüber, da lassen sich die Idisi nieder in drei Haufen. „Der erste ist hinter dem Heere der Landsleute des Gefangenen, den der Spruch befreien soll, zu denken, wie die altgermanischen Weiber hinter der Schlachtreihe ihren Stand hatten und hier auch die gefangenen Feinde in Empfang nahmen. Der zweite Haufe wirft sich dem andringenden Feinde entgegen, wie dies ebenfalls altgermanische Weiber thaten. Der dritte Haufe erscheint endlich hinter dem Heere der Feinde, um den Gefangenen, der sich hier befindet, zu befreien."

Im zweiten Spruch wirken Wodan, Sinthgunt, Vol, welche einst das Roß Wodans („des Herrn") heilten. Über die hier genannten Gottheiten Sinthgunt, Sun (Syn), Vol ist nichts Näheres bekannt. Frija ist die höchste Göttin, die Göttermutter, gewöhnlich Frigga oder Fricka genannt. Wodan giebt dem Spruche die Bekräftigung.

1.
Spruch
zur Befreiung eines Gefangenen.

Eiris sâzun idisî sâzun hera duoder.
suma hapt heptidun, suma heri lezidun,
suma clûbôdun umbi cuniowidi:
insprinc haptbandun, invar vîgandun![1])

2.
Spruch
zur Heilung einer Beinverrenkung.

Phol ende Wodan vuorun zi holza
dû wart demo balderes volon sîn vuoz birenkit.
thû biguolen Sinthgunt, Sunna erâ suister,
thû biguolen Frija, Volla erâ suister:
thû biguolen Wodan, sô hê wola conda,
sôse bênrenkî, sôse bluotrenkî
 sôse lidirenkî:[2])
bên zi bêna, bluot zi bluoda,
lid zi geliden, sôse gelîmida sîn.

---

1) Endreim statt Stabreim.
2) ein Halbvers, zum Abschluß des epischen Teiles des Spruches, durch Endreim mit dem vorhergehenden Verse verbunden.

III. Die Merseburger Zaubersprüche.

1.

Spruch

zur Befreiung eines Gefangenen.

Einst saßen Idise, saßen nieder hier und dort.
Die hefteten Hafte, die hemmten das Heer,
Die klaubten an den Kniefesseln:¹)
Entspring den Banden, entfleuch den Feinden!

2.

Spruch

zur Heilung einer Beinverrenkung.²)

Vol und Wodan fuhren zu Holze.
Da ward des Herrn Pferd der Fuß verrenket.
Da besprach ihn Sinthgunt, der Sun ihre Schwester;
Da besprach ihn Frija, der Vol ihre Schwester:
Da besprach ihn Wodan, wie er es wohl konnte,
Sei's Beinverrenkung, sei's Blutverrenkung,
  Sei's Gliederverrenkung:
Bein zu Beine, Blut zu Blute,
Gelenk zu Gelenken, als ob geleimt sie seien.

---

1) nach Wackernagel. Richtig ist nur „Fessel", da das Wort mit Knie nichts zu thun hat.
2) Ich folge der neueren Auslegung: Phol = Vol, Volla wie Sunna dat.; balderes gen. von balder appell., der Herr = Wodan; Sinthgunt, Schwester der Sun (altn. Syn); Frija, Schwester der Vol.

IV.

Muspilli.

Das Gedicht vom jüngsten Gericht, Muspilli[1]) genannt, stammt aus Baiern. Es ist das späteste, uns leider auch nur als Bruchstück überlieferte, allitterierende Gedicht mit freilich sehr großen formalen Mängeln. Die Kunst des stabreimenden Versbaues war im Erlöschen begriffen. Der Verfasser, ein Laie, ist unbekannt, doch könnte man aus der nachdrücklichen Art, wie er Vers 37—46 die Richter vor Bestechlichkeit warnt, schließen, daß er in einer Zeit gelebt habe, da solche Bestechlichkeit eingerissen war. Dies war der Fall um 800, denn im Jahre 802 sandte Karl d. Gr. die Vornehmsten des Reiches aus, um durch strengere Handhabung des Rechts einer allgemeinen Klage über die Rechtsunsicherheit zu begegnen. Die Niederschrift, in welcher das Gedicht überliefert ist, läßt vermuten, daß sie eine eigenhändige Aufzeichnung Ludwigs des Deutschen ist. Die Verse sind aus dem Gedächtnis auf die Ränder und leeren Seiten eines Buches geschrieben.

In mancher Beziehung kann „Muspilli" als ein Seitenstück zum altsächsischen „Heliand" gelten, insofern auch hier die eigentümliche Verschmelzung christlicher und nationaler Anschauung hervortritt, welche den Heliand zu einem so wertvollen Denkmal der deutschen Litteratur macht. In unserm Gedichte knüpft sie sich an die beiden Vorstellungen vom Weltuntergange und vom jüngsten Gericht. Weder in der einen noch in der andern ist die Kirchenlehre oder die biblische Darstellung richtig wiedergegeben. Wir finden nur allgemeine Vorstellungen, wie sie etwa ein Laie aus dem Unterrichte und aus Predigten über Apokal. 11—13 und Matth. 24, 29—31; 25, 31. 32 behalten haben konnte. Dieselben haben in seiner Phantasie unter den Bildern nationaler

---

1) d. h. Rede, Weissagung (spel, spil) von der Welt (mud), dann „Weltuntergang". Dasselbe Wort bezeichnet auch in der altnordischen Voluspa den „Weltbrand" in der „Götterdämmerung" (ragnarökkr); der neueren Ansicht, daß das Wort und damit auch die ganze Vorstellung ihren Ursprung nicht in der heidnischen, sondern in der christlichen Mythologie habe, kann ich nicht beitreten.

Anschauungen Gestaltung gefunden. Für das Gericht gab ihm naturgemäß der deutsche Gerichtstag (ding) das Vorbild, und für den Weltuntergang die tief eingewurzelte Vorstellung des germanischen Mythus vom Weltbrande. Er übertrug also alte deutsche Vorstellungen auf christliche Lehre ähnlich so, wie im „Heliand" der Heiland als nationaler König erscheint. Die Vorstellung bleibt in ihrem Wesen christlich, nur nimmt sie nationales Gewand an. Hier haben wir eins der ersten Zeugnisse für den eigentümlichen Bildungsgang, der durch die ganze deutsche Geschichte und Litteratur geht: die nationale Verarbeitung des Fremden.

Den Gedankengang des Gedichtes herzustellen ist dadurch erschwert, daß verschiedene Teile desselben durcheinander geraten sind, was in der Aufzeichnung aus dem Gedächtnis seinen Grund hat. Einigermaßen befriedigend wird er durch eine Umstellung in dem überlieferten Texte erreicht, welche im Folgenden nach Müllenhoffs Vorschlage vollzogen ist. Dann ergeben sich drei Teile: 1. Die Seele auf der Heimfahrt (V. 1—30), 2. das Weltende (V. 31—56), 3. das jüngste Gericht (V. 57—103).

Den Gedankeninhalt faßt Scherer in folgenden Sätzen zusammen: „Ein Laie nimmt den prophetischen Ton der Predigt an. Die kirchlichen Lehren, die ihm unvollkommen bekannt sind, beutet er möglichst effektvoll aus und weiß sie für die kriegerische Sinnesart seines vornehmen Publikums poetisch anziehend zu machen. Um die Seele des Sterbenden kämpfen zwei Scharen, Engel und Teufel; der Antichrist kämpft mit Elias, jener wird besiegt, dieser verwundet, und sein tropfendes Blut setzt Baum und Berg in Brand, alles Feuchte vertrocknet, der Himmel schmilzt in der Lohe, der Mond fällt herab, die Welt geht auf im Feuer. Das Lied schreckt mit Höllenqualen und lockt mit Himmelsfreuden; energisch drohend weist es hin auf das letzte Gericht, wo alle Sünden an den Tag kommen und gerächt werden. Zum Schutze gegen die Strafe wird Fasten als Buße empfohlen. Die Sünden, welche der Dichter besonders ins Auge faßt, sind Mord, Bestechlichkeit der Richter, Streit um die Landesgrenzen — adelige Sünden,[1]) wie man sieht."

---

1) nämlich jener Zeit. — Versuche den Gedankengang des Gedichts ausführlich darzustellen.

... sîn tac piqueme daz er touuan scal.
wanta sâr sô sih diu sêla in den sind arhevit
enti si den lihhamun¹) likkan lâzzit,
sô quimit ein heri fona himilzungalon,
5 daz andar fona pehhe: dâr pâgant siu umpi.
sorgên mac diu sêla unzi diu suona argêt,
za wederemo herjo si gihalôt werde.
wanta ipu sia daz Satanâzses kisindi kiwinnit,
daz leitit sia sâr dâr iru leid wirdit,
10 in fuir enti in finstrî: daz ist rehto virinlîh ding.
upi sia avar kihalônt die die dâr fona himile quemant
enti si dero engilo eigan wirdit,
die pringent sia sâr ûf in himilo rîhhi:
dârî ist lîp âno tôd lioht âno finstrî,
15 sâlida²) âno sorgûn: dâr nist siuh³) neoman.
denne der man in pardîsu pû⁴) kiwinnit,
hûs in himile, dâr quimit imo hilfâ kinuok.
pidiu ist durft mihhil daz ze pidenchanne
allero manno welihhemo, daz in es sîn muot kispane,
20 daz er kotes willun kerno tuoe
enti hellâ fuir harto wîse,
pehhes pîna: dâr piutit Satanâz altist
heizzan lauc. sô mac huckan za diu,
sorgên drâto, der sih suntîgen weiz.
25 wê demo in vinstrî scal sîno virinâ stûen,
prinnan in pehhe: daz ist rehto palwîc dinc,
daz der man harêt ze gote enti imo hilfa ni quimit.
wânit sih kinâda diu wênaga sêla,
ni ist in kihuctin himiliskin gote;
30 wanta hiar in werolti after⁵) ni werkôta.

---

1) aus lîh, Leib, Körper und hamo, Form, Hülle, Gewand. Letzteres ist in unserm „Hemd" noch erkennbar.
2) sâlida mhd. sælde Glück, bei uns nur noch in „Seligkeit" erhalten.
3) siuh, siech, vgl. Seuche, Sucht, — sucht.
4) pû = Bau, Wohnung.
5) after vgl. afterreden.

Die Stunde kommt, daß der Mensch sterben soll.
Sobald auf den Weg sich die Seele erhebet
Und sie die Leibhülle liegen läffet,
So kommt ein Heer von den Himmelsgestirnen,
Von der Hölle das andere, da erheben sie Streit. 5
Sorgen mag die Seele, bis Sühne ergeht,¹)
Zu welchem Heere geholt sie werde.
Wenn sie des Satans Gesinde gewinnt,
Das leitet alsbald sie, wo Leid ihr wird,
In Feuer und Finsternis: das ist ein fürchterlich Ding. 10
Wenn aber sie holen die vom Himmel herkommen
Und sie der Engel Eigen wird:
Die bringen sogleich sie ins himmlische Reich.
Da ist Leben ohne Tod, Licht ohne Finsternis,
Seligkeit ohne Sorgen: dort ist siech niemand. 15
Wenn im Paradiese gewinnt Wohnung der Mann,
Haus im Himmel, kommt dort ihm Hilfe genug.²)
Deshalb ist bedürftig das zu bedenken
Jeglicher Mann, daß sein Mut ihn treibe,
Gottes Willen gerne zu thun 20
Und Höllenfeuer höchlich zu meiden,
Des Brandes Pein: dort beut der alte Satanas,
Heiße Lohe. Drauf lenke den Sinn
Und sorge emsig, wer sündig sich weiß.
Weh dem, der in Finsternis die Frevel soll büßen, 25
Brennen im Peche: das ist peinvolles Ding,
Wenn der Mann ruft zu Gott und ihm Rettung nicht wird.
Es ahnet Gnade die arme Seele
Und ist doch nimmer in Gottes Gedenken,
Wenn hier in der Welt sie danach nicht wirkte.³) 30

---

1) d. h. bis der Streit entschieden ist, dessen Ausgang wohl von der Sühnung vor Gott abhängig gedacht ist. Diese Vorstellung von dem Streit um die Seele ist biblisch nicht begründet. Wir finden hier das erste Zeugnis für sie. Später wird sie allgemein volkstümlich. Vgl. den Schluß von Goethes Faust.
2) Ein wesentliches Erfordernis gesicherten Daseins war nach alt-germanischer Anschauung die Verbindung mit Verwandten und Freunden zu gegenseitiger Hilfeleistung. Vgl. Hildebrandl. V. 26.
3) Vgl. Luk. 16, 24 vom reichen Mann und armen Lazarus.

daz hôrtih rahhôn dia weroltrehtwison,
daz sculi der antichristo mit Êliase págan.
der ware ist kiwâfanit, denne wirdit untar in wîc arhapan.
khenfun sint sô kreftic, diu kôsa¹) ist so mihhil.
35 Êlias strîtit pî den êwîgon lip:
wili dên rehtkernôn daz rîhhi kistarkan;
pidiu scal imo helfan der himiles kiwaltit.
der antichristo stêt pî demo altfîante,
stêt pî demo Satanâse, der inan varsenkan scal:
40 pidiu scal er in deru wîcsteti wunt pivallan
enti in demo sinde sigalôs werdan.
doh wânit des vilo wîsero gotmanno
daz Êlias in demo wîge arwartit werde.
sô daz Êlîases pluot in erda kitriufit,
45 so inprinnant die pergâ, poum ni kistentit
einîc in erdu, ahâ²) artruknênt,
muor varswilhit sih, swilizôt lougiu der himil
mâno vallit, prinnit mittilagart,³)
stên ni kistentit. verit denne stûatago in lant
50 verit mit diu vuiru viriho wîsôn,
dâr ni mac denne mâc⁴) andremo helfan vora demo muspille,
denne daz preita wasal allaz varprennit,
enti vuir enti luft iz allaz arfurpit,
wâr ist denne diu marha dâr man dâr eo mit sinên mâgon piec?
55 diu marha ist farprunnan, diu sêla stêt pidwungan,
ni weiz mit wiu puaze: sâr verit si za wîze.

Sô denne der mahtîgo khuninc daz mahal kipannit,
dara scal queman chunno kilîhhaz.
denne ni kitar parno nohhein den pan furisizzan,
60 ni allero manno welîh ze demo mahale sculi:
dâr scal er vora demo rîhhe az rahhu stantan,
pidaz er in weroltî kiwerkôt hapêta.

---

1) lat. causa. Bei uns noch in dem Verbum „kojen".
2) lat. aqua. Vgl. Ache, Salzach, franz. Aix.
3) Mittgart oder Mittelgart = Erde, vgl. Hilbebrandlied V. 44. In der nordischen Mythologie windet sich ringsum Mittelgart herum die Mittelgartschlange, d. i. das Meer.
4) Verwandter. Die Sippe des Mannes hieß die Schwertmagen, die der Frau die Spindelmagen.

So hört' ich künden Kund'ge des Weltrechts,
Daß solle der Antichrist mit Elias streiten.¹)
Der Würger ist gewasfnet, Streit wird erhoben:
Die Streiter so gewaltig, die Sache so wichtig.
Elias streitet um das ewige Leben,   35
Will den Rechtliebenden das Reich stärken;
Dabei wird ihm helfen der des Himmels waltet.
Der Antichrist steht bei dem Altfeinde,
Steht beim Satan; er wird ihn versenken:
Auf der Walstatt wird er wund hinsinken   40
Und in dem Streite sieglos werden.
Doch glauben viele Gottesgelehrte,
Daß Elias auf der Walstatt Wunden erwerbe.
Wenn Elias' Blut auf die Erde dann träufelt,
So entbrennen die Berge, kein Baum mehr stehet,   45
Nicht einer auf Erden, all Wasser vertrocknet,
Meer verschlingt sich, es schwelt in Lohe der Himmel,
Mond fällt, Mittelgart brennt,
Kein Stein mehr steht. Fährt Straftag ins Land,
Fährt mit Feuer, die Frevler zu richten: 50
Da kann kein Verwandter vor dem Weltbrand²) helfen.
Wenn der Erdflur Breite, ganz nun verbrennt,
Und Feuer und Luft ganz leer gefegt sind,
Wo ist die Mark, wo der Mann stritt mit den Magen?³)
Die Stätte ist verbrannt, die Seele steht bedrängt,   55
Nicht weiß sie, wie büßen: gleich wandert sie zur Pein.

Wenn das Gericht der mächtige König berufet,
Soll jegliche Sippe dort sich sammeln,
Der Leute darf niemand die Ladung versitzen,
Jeglicher Mann zum Gericht hin muß er: 60
Da soll vor dem Reichsherrn er Rede nun stehen,
Was in der Welt er alles gewirkt hat.

---

1) Vgl. Apokal. 11 u. 12. Wenn dort auch weder der Ausdruck Antichrist, noch der Name Elias vorkommt, so liegt doch die Verbindung der dort geschilderten Vorgänge mit 1. Joh. 2, 18; 2. Thessal. 2, 3 ff. u. a. nahe. Ebenso verständlich ist die Beziehung der Weissagung von den zwei Zeugen Apokal. 11 auf Elias, dessen in Malcachi 3, 1. 23. 24 (4, 5. 6) geweissagte Wiederkunft überdies noch lange in der Kirche wörtlich verstanden und mit Christi Wiederkunft verbunden wurde.
2) Hier steht muspill im ahd. Texte.
3) Siehe S. 62 Anm. 1.

IV. Muspilli.

pidiu ist demo manne sô guot, denne er ze demo mahale[1]) quimit,
daz er rahhôno welîhha rehto arteile:
65 denne ni darf er sorgên, denne er ze deru suonu quimit.
ni weiz der wènago man welîhhan urteil er habêt,
denner mit dên miatôn marrit daz rehta,
daz der tiuval dâr pî kitarnit[2]) stentit.
der hapêt in ruovu rahhôno welîhha,
70 daz der man êr enti sîd upiles kifrumita,
daz er iz allaz kisagêt denne er ze deru suonu quimit.
ni scolta sîd manno nohhein miatûn[3]) intfâhan.
Sô daz himilisca horn kihlûtit wirdit
enti sih der suanari ana den sind arhevit,
75 denne hevit sih mit imo herio meista,
daz ist allaz sô pald, daz imo nioman kipâgan ni mak.
denne verit er ze deru mahalstetî deru dâr gimarchôt ist:
dâr wirdit diu suona dia man dâr io sagêta.
denne varant engilâ uper dio marhâ,
80 wechant deotâ wîssant ze dinge.
denne scal manno gilîh fona deru moltu arstên,
lôssan sih ar dero lêwo vazzôn: scal imo avar sîn lîp piqueman,
daz er sîn reht allaz kirahhôn muozzi
enti imo after sînên tâtin arteilit werde.
85 denne der gisizzit der dâr suonnan scal
enti arteillan scal tôtên enti queckhên,[4])
denne stêt dâr umpi engilo menigî,
guotero gomôno:[5]) gart ist sô mihhil.
dara quimit ze deru rihtungu sô vilo dia dâr ar resti ûf arstênt,
90 sô dâr manno nohhein wiht pimîdan ni mak.
dâr scal denne hant sprehhan, houpit sekkan,
allero lido welîh unzi in den luzîgun vinger,
waz er untar mannun mordes kifrumita.
dâr ni ist sô listic man, der dâr wiht arliugan megi,
95 daz er kitarnan megi tâto dehheina,
niz al fora khuninge kichundit werde,

---

1) f. B. 31. 77 und Hildebrandl. B. 7 Anm.
2) daher Tarnkappe.
3) bei uns noch in „Miete" vorhanden.
4) bei uns noch in keck und quick, verquicken.
5) homo. Vgl. Bräuti-gam.

Deshalb ist gut dem Richter, wenn er kommt zu richten,
Daß jeglichen Rechtsspruch er recht erteile:
Er darf nicht sorgen, wenn er kommt zum Sühntag. 65
Doch der Elende weiß nicht sein Urteil,
Der um Bestechung störet das Recht.
Dabei verborgen stehet der Böse,
Der hat in der Rechnung jeglichen Rechtsfall,
Was früher oder später Frevles der Mann that, 70
Das alles sagt er, wenn er kommt zum Sühntag.[1])
Drum scheue ein Mann sich Geschenk zu empfahen!
  Wenn laut erhallet das himmlische Horn
Und sich der Richter anschickt zur Reise,
Dann erhebt sich mit ihm gewaltige Heerschar, 75
Das ist alles so kampflich, kein Mann kann ihm trotzen.
So fährt er zur Richtstatt, wo errichtet der Markstein,
Da ergeht das Gericht, das dorthin man berufen.
Dann[2]) fahren die Engel hin über die Marken,
Wecken die Toten, weisen zum Thinge. 80
Dann soll erstehen, männiglich vom Staube,
Sich lösen von Grabes Last; dann wird ihm der Leib kommen,
Daß all seine Sache er sagen müsse,
Und nach seinen Werken Urteil ihm werde.
Wenn der da sitzet, der sühnen soll 85
Und den Spruch erteilt Lebenden und Toten,
So steht da umher Heerschar der Engel,
Guter Männer: so groß ist der Ring.
Da kommen so viel zum Gericht, die erstehen von der Ruhe,
Wo doch kein Mann vermag zu hehlen. 90
Da soll Hand sprechen, Haupt reden,
Jedwelches Glied bis zum winzigen Finger,
Was unter Menschen er hat gemordet.
Da ist keiner so listig, der was könnte erlügen,
Oder der Handlungen eine verhehlen, 95
Als würde dem König nicht alles gekündet:

---

1) Der Satan ist der „Verkläger", διάβολος, vgl. Sach. 3. Hiob 1 und 2. Apok. 12, 10. Während er aber in diesen Stellen nur die Gläubigen verklagt, ist er hier als der heimliche Beobachter und Ankläger wirklicher Frevler, besonders der bestechlichen Richter, gedacht.
2) Vgl. zum folgenden Apokal. 20, 11—13. Matth. 13, 49; 24, 31; 25, 31.

ûzzan er mit fastûn dio virinâ kipuaztî.
denne der paldêt der gipuazzit hapêt,
denner ze deru suonu . . .
100 wirdit denne furi kitragan daz frôno chrûzi,
dâr der hêligo Christ ana arhangan ward,
denne augit er dio mâsûn dio er in deru menniski
dio er duruh desse mancunnes minna . . —

Er habe denn mit Fasten die Frevel gebüßet.
Getrost dann bleibt, der gebüßt hat,
Wenn zum Sühntag er kommt.
Dann wird her getragen das Kreuz des Herrn, 100
Da der heilige Christ angehängt ward.
Er zeigt die Male, die er in der Menschheit
Aus Liebe zum Menschengeschlechte . .

Halle a. S., Buchdruckerei des Waisenhauses.